U0007155

萌漫大話三國演義

桃園三結義・三英戰呂布

1

繪時光 編繪

野人

Graphic Times 46

桃園三結義．三英戰呂布
1
萌漫大話
三國演義

國家圖書館出版品預行編目（CIP）資料

萌漫大話三國演義 . 1,桃園三結義 . 三英戰
呂布 / 繪時光著繪 . -- 初版 . -- 新北市：野
人文化股份有限公司出版：遠足文化事業
股份有限公司發行 , 2023.07
　　面；　　公分 . -- (Graphic times；46)
ISBN 978-986-384-882-0(平裝)

1.CST: 三國演義 2.CST: 漫畫

857.4523　　　　　　　　　　112008842

本書原簡體中文版書名《萌趣三國（全9冊）》，
由四川天地出版社有限公司出版。中文繁體
字版通過成都天鳶文化傳播有限公司代理，
經四川天地出版社有限公司授予野人文化股
份有限公司獨家出版發行，非經書面同意，
不得以任何形式，任意重製轉載。

萌漫大話三國演義 (1)

野人文化　　野人文化
官方網頁　　讀者回函

線上讀者回函專用
QR CODE，你的寶
貴意見，將是我們
進步的最大動力。

編　　繪　繪時光

野人文化股份有限公司
社　　長　張瑩瑩
總 編 輯　蔡麗真
責任編輯　徐子涵
專業校對　魏秋綢
行銷經理　林麗紅
行銷企畫　蔡逸萱、李映柔
封面設計　彭子馨
內頁排版　洪素貞

出　　版　野人文化股份有限公司
發　　行　遠足文化事業股份有限公司 (讀書共和國出版集團)
　　　　　地址：231 新北市新店區民權路 108-2 號 9 樓
　　　　　電話：（02）2218-1417　傳真：（02）8667-1065
　　　　　電子信箱：service@bookrep.com.tw
　　　　　網址：www.bookrep.com.tw
　　　　　郵撥帳號：19504465 遠足文化事業股份有限公司
　　　　　客服專線：0800-221-029
法律顧問　華洋法律事務所　蘇文生律師
印　　製　凱林彩印股份有限公司
初版首刷　2023 年 8 月

有著作權　侵害必究
特別聲明：有關本書中的言論內容，不代表本公司 / 出版集團之立
場與意見，文責由作者自行承擔
歡迎團體訂購，另有優惠，請洽業務部（02）22181417 分機 1124

桃園三結義・三英戰呂布

①

萌漫大話

三國演義

第 7 章
挾天子以令諸侯

第 8 章
孫策佔江東

桃園結義

🌀 黃巾之亂 🌀

這次我要說的故事，要從漢靈帝光和七年（184年）黃巾軍起義開始。那個時候，朝廷上宦官和外戚爭鬥不止，對百姓不聞不問，任憑官員搜刮百姓錢財，同時邊疆戰事不斷。國家漸漸衰弱，民不聊生。

可憐可憐我們吧！好幾天沒吃到飯了。

少囉唆！連地主家都吃不飽了！

將軍盧植多次勸皇上多關心國家大事，可是漢靈帝完全聽不進去。

盧植一點辦法也沒有，只能搖頭嘆氣。

盧植是個性格剛毅的人，有富強國家、扶助百姓的志向。在老師馬融家讀書的時候，常常有歌女表演，但盧植總是認真學習，目不斜視，從不受干擾。

盧植學成之後，返回家鄉涿縣辦學校。門下弟子有劉備、劉德然、公孫瓚等。

那時候，盧植就非常喜歡弟子劉備。劉備長得氣宇軒昂，樣貌很有特點。而且，劉備為人忠厚，胸有大志，喜歡結交天下英雄豪傑，

劉備性格內向，不太愛說話，不過他謙虛好學，為人忠厚，深得恩師盧植的喜愛。

這一年天下大旱，田地顆粒無收，朝廷卻不許百姓少繳稅。人民的生活處於水深火熱之中。

走投無路的貧苦農民，在張角的號令下，手拿竹竿起義造反了。一時間烽煙四起，天下大亂。

起義者頭綁黃巾，所以被稱爲「黃巾軍」。黃巾軍勢如破竹，州郡失守，官兵逃亡，震動京都。

漢靈帝見黃巾軍如此厲害，嚇得魂不附體。

漢靈帝哆哆嗦嗦，趕緊封何皇后的哥哥何進爲大將軍，叫他率領左右羽林五營將士屯於都亭，整備武器，鎮守京師。

漢靈帝還下令各地嚴防，命各州郡準備作戰，訓練士兵，整備武器，召集義軍。火燒眉毛了，漢靈帝才知道要著急，可惜因為很久沒操練了，士兵們都很懈^T怠，士氣也提升不起來。

盧植領兵負責在北邊作戰，與張角的主力部隊周旋。盧植很有本事，因此他的士兵作戰都非常勇敢。

黃巾軍將軍張角率大軍攻打到了幽州地界。幽州太守劉焉ㄢ急召部下商討退敵之策。

士兵趕緊到各地張貼招募兵馬的榜文。圍觀的百姓議論紛紛。榜文發放到涿縣，引出劉備前來應募。

桃園結義

劉備乃中山靖王之後，漢景帝閣下玄孫。幼年喪父，贍養老母，靠編織販賣草鞋竹蓆維生。雖然劉備心懷壯志，無奈報國無門啊。

二十年前……

備兒，歇息吧！

母親，孩兒不累。

幼年劉備

劉備家住涿縣樓桑村，他家南邊有棵大桑樹。

一七得七，三七二十一。

此家必出貴人！

狐狸吵架——一派胡言！

一個編草鞋的人家還能出貴人？

草鞋優惠

19

劉備小時候，常跟小夥伴們在桑樹下玩遊戲。一直都是個「孩子王」。

他日我是天子，就坐有這樣蓋子的車。

哇——好漂亮的模型！

這小孩兒不是一般人哪！

劉元起

你可不要吹牛哇，哈哈！

叔父劉元起見劉備家裡窮，就出資幫助他們。劉備十五歲的時候，母親叫他出去學習。

好男兒志在四方……

孩兒不走！

就這樣，劉備外出求學，拜盧植為老師。

恩師一席話，使我茅塞頓開呀。

哈哈哈……是你悟性強。

聽了介紹，兵士們都對劉備佩服有加。

佩服，佩服！

奇人是奇人，可您都二十八歲了……

是呀，玄德也不想荒廢大好時光啊！

榜

招兵買馬

不遠處的張飛聽到劉備的嘆息，忍不住開口了。

劉備回望此人，不由得被吸引。這張飛生得人高馬大，說話大嗓門，一開口像打雷一樣，走起路來虎虎生風，像奔跑的駿馬。

兩個人一見如故，到一家店中飲酒，相談甚歡。

聽說黃巾軍到處燒殺劫掠，我想擊退賊兵，拯救黎明百姓於水火……

哥哥有志氣！

我家有些錢財，咱們招募鄉勇，共舉大事如何？

正合我意！

兩個人志趣相投，越說越投機，相見恨晚，大有英雄惜英雄之意。

乾！哥哥杯底可不能養金魚！

哈哈！好！爽快！

二人正在飲酒的時候，見一大漢將拖車停在了店門口，然後進店坐下了。

劉備定睛細看，這人身高近兩米，鬍子能有半米長。臉像深紅色的棗子，一雙丹鳳眼透著威嚴，真是威風凜凜，相貌堂堂。

就這樣，三人一起飲酒。劉備和張飛詢問關羽身世。原來關羽乃河東解良人，當地有個仗勢欺人、無惡不作的惡霸，被關羽殺了。官府追究，於是關羽逃離家鄉，縱橫江湖已有五六年了。

張飛莊後有一個桃園，此時花開正盛。桃花吐蕊綻放，芳香滿園。第二天，三人於桃園中擺上烏牛白馬祭禮等用品，焚香結拜。

劉備、關羽、張飛，雖然異姓，既結為兄弟，

則同心協力，救困扶危。上報國家，下安黎庶。

不求同年同月同日生，但願同年同月同日死……

起誓完畢，三人按照長幼排序，拜劉備爲大哥，關羽爲二哥，張飛爲三弟。這場桃園結義傳爲佳話。他們又聚集鄉中勇士，大家在桃園痛飲，不醉不休。

第二天，兄弟三人收拾兵器，劉備感嘆著缺了馬匹。

正煩惱的時候，有人稟報說外面有兩個人趕著一群馬，投奔而來。三人出莊相迎。來的是中山地區的大商人，他們聽說劉備等人要「討賊安民」，特以良馬及財物相送。

哈哈哈！

雪中送炭哪！屋裡請！

這炭火真暖和！

我們也想出一份力！

桃園

劉備謝別兩位客人，找附近最好的工匠打造兵器。

劉備、關羽、張飛召集了鄉里五百多名勇士，投靠幽州太守劉焉。劉備說完自己的身世後，劉焉大喜，馬上認劉備做侄子。

首戰告捷

這一日，探馬忽然來報，說黃巾軍程遠志領兵來犯。

鄒靖和劉備聽命，我令你二人率領五百兵馬，前去破敵！

末將遵命！

劉備等人領軍前行，行至大興山下，遇到了黃巾軍。
黃巾軍兵士都頭綁黃巾，披散著頭髮。

他們會妖法！

都給我閉嘴！

他們是妖兵吧？

兩軍相對，劉備出馬，左有關羽，右有張飛。

程遠志大怒，派副將鄧茂出戰。

張飛手持丈八蛇矛，刺中了鄧茂。程遠志拍馬衝張飛
而來。

關羽舞動大刀，過來攔住程遠志去路。程遠志不敵關羽，被斬於馬下。其他的黃巾軍一看情況，或投降，或掉頭跑了。就這樣，劉備率軍打敗了黃巾軍。

劉備兄弟三人率軍殺敵，屢破黃巾軍，威名大震。

劉備的恩師盧植與黃巾軍首領張角戰於河北廣宗。劉備率兵前往助戰。張梁、張寶率的黃巾軍在長社結營，被劉備打敗，四散奔走。這些黃巾軍將士後來被曹操殺了一萬多人，但張梁、張寶跑了。

根據軍情分析，敗兵會到廣宗聚集，因此劉備帶兵返回盧植處。剛到半路，劉備望見一隊軍馬護送一輛囚車迎面而來。

囚車內何人？

罪犯盧植。

啊？

劉備大驚，趕緊翻身下馬，問起緣故。

我說軍糧都不夠，哪有錢給他。他就回奏朝廷，誣陷我惰慢軍心。朝廷派中郎將董卓來取代我，要把我押回京城問罪……

朝廷派欽差黃門郎左豐前來詢問軍情，誰料想他竟向我索取賄賂。

呀呀呀！我宰了你們，救下盧公！

腐敗呀！

萬萬不可啊。

營救董卓

看著軍士押著盧植遠去，劉備三兄弟感慨不已。

盧中郎不在，現在是那董卓領兵，咱們沒有依靠了。

唉！

你我兄弟都回涿郡去吧。

劉備等人領軍回涿郡，正遇見張角追殺董卓。

此為張角，隨我殺敵！

董卓

黃巾軍被劉備等人殺得大敗，董卓得救。

劉備等人趕緊上前攙扶董卓，董卓癱在地上，渾身不住顫抖。

拜什麼拜呀，趕緊保護本將軍！

……

扶我起來，腿都麻了！

董卓逃過一劫後，恢復了趾高氣揚的官架子，在大帳中召見劉備。

你們現在是什麼官職呀？

沒有官職。

不會吧？草民哪……

一聽劉備兄弟三人無官無祿，董卓打心眼兒裡瞧不起他們。劉備遭受冷遇，走出帳來。張飛氣壞了，拿著武器欲闖軍帳。

桃園結義真的發生過嗎？

　　《三國演義》第一回就安排劉備、關羽、張飛在桃園中結義，劉關張三人也成了「異姓兄弟」的典範，被千古頌揚。但這裡我們要告訴大家，史料中並沒有「桃園結義」的記載，因為當時社會上不流行這種結拜形式。

　　雖然「桃園結義」是《三國演義》這部小說虛構的情節，但劉備、關羽、張飛的兄弟感情卻是真的。《三國志》中記載，劉關張三人在一張床上睡覺，彼此像兄弟一樣團結友愛，還發誓要同生共死。正是參照這些史料，羅貫中才在《三國演義》中虛構了一座桃園，讓他們正式結拜為兄弟。

桃園結義的情節雖然是編的，但我們三人之間的感情卻是真的。

歷史上的劉備居然是武林高手？

在大眾印象裡，劉備是個手無縛雞之力的文弱之人。但史書《典略》記載：「備有武勇」。由此可知歷史上的劉備可能是個勇猛的燕趙俠客。

在小說《三國演義》中，劉備的武器是一對雙股劍，與關羽的青龍偃月刀、張飛的丈八蛇矛，同屬神兵利器。歷史上劉備的兵器是否是雙股劍，我們不得而知。但由於《三國演義》小說的影響力，劉備和劍有了不解之緣。在明代兵書《陣紀》當中，作者將劉備的「顧應劍法」視為歷史上五大劍書之一。看來劉備是名副其實的武林高手。

據史料記載，劉備家門口有棵大桑樹，人們都說這家必出貴人。童年時期的劉備經常和小夥伴們在樹下玩耍。有一天小劉備就指著大樹說：「這樹冠好像皇帝坐的車的車蓋，我以後一定要去乘坐這樣的車。」果然劉備後來就當了蜀漢的皇帝，於是劉備的家鄉就改名為「大樹樓桑村」。劉備既有高超的武藝，又胸懷大志，難怪關羽、張飛肯跟隨他出生入死。

三國劍聖就是我，武林高手稱第一。

丈八蛇矛

在小說《三國演義》中，劉備的兵器是雙股劍、關羽的兵器是青龍偃月刀。這些兵器都是作者虛構的，歷史上劉備和關羽並不用這些兵器。但張飛的兵器確實是矛。

《三國志・張飛傳》記載：「張飛據水斷橋，瞋目橫矛曰：『身是張翼德也，可來共決死！』」這說的是張飛在長阪坡之戰時，手持長矛據守河岸，嚇退曹兵的故事。由此可知，張飛的兵器的確是矛，但究竟是不是丈八蛇矛那就不得而知了。

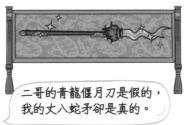

二哥的青龍偃月刀是假的，我的丈八蛇矛卻是真的。

正史認證，貨真價實。

受小說《三國演義》的影響，張飛和丈八蛇矛被綁定了。凡是和張飛有關的介紹，都少不了丈八蛇矛的身影，哪怕是張飛的模仿者也不例外。小說《水滸傳》裡就有一位「小張飛」，那就是林教頭林沖。

人家也是個帥哥好嗎？

我綽號豹子頭，人稱小張飛，但我長得可比張飛帥。

林沖

受一些影視作品影響，大部分人認為林沖是一位文雅書生，其實不然。在《水滸傳》中，林沖的綽號叫作「豹子頭」，而張飛在《三國演義》裡的外貌描寫正是「豹頭環眼」，這說明兩人的外貌很相似。另外，在《水滸傳》中，林沖的兵器就是丈八蛇矛。可以說，林沖是名副其實的「小張飛」。

　　《水滸傳》中的人物和《三國演義》有很多相似的。除了林沖、大刀關勝、小溫侯呂方、病關索楊雄等《水滸傳》人物都能在《三國演義》中找到相似的。小朋友們，看完《三國演義》的故事之後，別忘了再去看看《水滸傳》的故事呀。

臨江仙

滾滾長江東逝水，浪花淘盡英雄。
是非成敗轉頭空；青山依舊在，幾度夕陽紅。
白髮漁樵江渚上，慣看秋月春風。
一壺濁酒喜相逢；古今多少事，都付笑談中。

這闋詞的詞牌名是〈臨江仙〉，是小說《三國演義》中的開篇詞。但《三國演義》剛問世的時候，小說中並沒有這首詞。

〈臨江仙〉的作者是明代大才子楊慎，他是宰相之子，又是狀元，但因得罪皇帝而被謫戍雲南。這一去就是三十多年。在這三十多年間，楊慎嘗遍人情冷暖，飽經世態炎涼。在一個偶然的機會下，他創作了這首〈臨江仙〉。

全詞藉青山江河來反襯人生的渺小，所有功名利祿只不過轉眼一瞬，只有高潔的情操、曠達的胸懷才是永恆的歡樂。整闋詞的意境大氣磅礴，基調慷慨悲壯，藉歷史興亡抒發人生感慨，將世間的成敗、沉浮、悲歡，都融入了這闋詞中。因為這闋詞寫得太好了，後人覺得這詞與《三國演義》的氣質非常契合，於是就把它放到了《三國演義》的開篇。

中過狀元種過田，只愛瀟灑不愛錢。經歷過大起大落的人生，才是豐富的人生。

第 2 章

孟德獻刀

董卓入京

話說打了敗仗的董卓狗眼看人低，根本沒有把無官職的劉備等人看在眼裡。於是兄弟三人打馬而去，另投明主。

沒有你們這些臭雞蛋，我一樣能做雞蛋糕！

居然說我們是臭雞蛋！

我們走！看他能不能做出雞蛋糕！

董卓沒打敗黃巾軍，差點獲罪，但他通過賄賂軍官張讓等人得以免除刑罰。

收拾收拾回家吧

誰還沒有個馬失前蹄？

隨著實力的不斷增強，董卓認為自己需要更加廣闊的政治舞臺，於是，他開始進一步積蓄力量，伺機而動。

中平六年（189 年）四月，漢靈帝劉宏駕崩，少帝劉辯繼位。雖然少帝年幼無知，但「幸好」，何太后「願意」垂簾聽政。外戚何進大將軍也很「好心」的幫忙主持朝政。

朝廷內部相互排擠，鬥爭激烈。深知朝廷派系之爭的董卓得知靈帝駕崩的消息後，心中竊喜，密切注意朝廷官員動向，隨時準備見機行事。

何進是少帝的親舅舅，那可是實打實的外戚，自然看之前一直把持朝政的宦官不順眼。他與司隸校尉袁紹打算要把宦官之首張讓幹掉，但是遭到何太后反對。

董卓一直有篡權的野心。於是他趁機上書，說願意帶兵去洛陽消滅張讓。

何進收到上書，不顧大臣的阻攔，讓董卓進京，清除張讓。

董卓接到聖旨後，高興得趕緊召集人馬，引軍入京。

萬萬沒有料到的是，何進的計畫沒有實現。他跟董卓還沒來得及見面，就在宮裡被張讓給殺了。

何進部下吳匡知道這個消息後，與袁術趁亂在青瑣門外放起火。支持何進的袁紹、曹操等人開始進宮追殺張讓等人。張讓和中常侍段珪沒有辦法，劫持了少帝劉辯和陳留王劉協出逃。

張讓一行人連夜逃至北邙山，因被追殺，與劉辯和劉協走散了。於此同時，董卓遠遠看到京城一片火海，知道情況有變，打聽到宦官已挾持少帝出逃至北邙，急忙率兵前往，堵住了劉辯和劉協。

董卓詢問事變經過。劉辯嚇壞了，結結巴巴地說不明白。

劉協只有九歲，他比劉辯小了五歲。劉協主動講述了整個事變過程。

董卓廢帝

董卓把劉辯奉迎回皇宮後，出入宮廷，肆無忌憚，每日橫行朝野，百姓不安。

初到洛陽時，董卓部署的兵力不超過三千人。為了震懾洛陽臣民，他每隔四五天就令軍隊晚上悄悄溜出城，第二天再大張旗鼓地進城，營造出千軍萬馬來援的假象。

董卓早就有廢帝的心思，想大權獨攬。可是遭到袁紹的極力反對。

你看看皇帝那廢物樣！廢了得了！

你如果要廢黜皇上，改立新帝，恐怕沒有人贊同你的意見！

你！

董卓聽袁紹說完，兇相畢露。

不識抬舉！

你想怎樣？我怕你不成？

袁紹

董卓想殺了袁紹，但袁紹絲毫不懼。董卓一看遇到了狠人，他的手下李儒趕緊過來勸阻。

袁紹手持寶劍，把官印往東門一掛，罷官去冀州了。

這年九月初一，董卓終於按捺不住膨脹的慾望，把少帝叫到嘉德殿上。

百官面面相覷。李儒開始大聲讀策文。

……帝天資輕佻……居喪慢惰……

通俗點兒說就是皇上啥都不好，趕緊給好人讓位！

……否德既彰，有忝大位……

這太過分了。

是啊，怎麼能廢黜皇上呢。

李儒讀完，董卓下令把少帝拖下座位，把龍袍給扒了下來，讓他面朝北面跪著。

少帝哭泣，群臣卻敢怒不敢言。只有尚書丁管氣憤地把手中象牙製的手板狠狠地丟向董卓。

董卓大怒，叫武士把尚書丁管拿下，拖出去斬首。

丁管面無懼色，罵不絕口，慷慨赴死。

董卓請陳留王劉協登殿做了皇帝，也就是漢獻帝。董卓成為丞相，朝拜的時候可以有特權，不用像別的大臣那樣需要守規矩。最可恨的是董卓可以提著劍在大殿上隨便晃蕩。

被廢掉的少帝和何太后等人被幽禁在永安宮中，衣服飲食等福利待遇越來越差。這天少帝來了靈感，哭著作了首詩。

遠望碧雲深，是吾舊宮殿。何人仗忠義，泄我心中怨。

現在哭有什麼用！但凡你有點兒能耐，我也不至於落到這步田地！

真有才！正愁沒理由告狀呢。

李儒樂呵呵的把少帝寫詩的事情稟報給了董卓。董卓一聽高興了。

丞相，找到碴了。

賜杯酒給他們，呵呵，你懂的……

就這樣，董卓命李儒毒死了少帝。也絞死了太后。

處死少帝和太后的董卓過著奢靡的生活。

初平元年（190 年）二月，董卓的部屬在陽城搶劫正在進行鄉社集會的老百姓。士兵們殺死全部男子，兇殘地割下他們的頭顱。此外，他們還趁機擄走大批婦女和大量財物。

男的統統都殺掉，女的抓回去洗衣服！

嗚嗚嗚——

老實點兒！再哭就都殺掉！

市集城陽

米 米

董卓為了樹立威信，邀請朝中官員參加宴會。他在宴會上命人把幾百名反對他的人拉出來，當著眾位大臣的面對他們施以極刑，許多賓客不忍卒睹，這暴虐的場景也嚇得很多大臣手裡的筷子都掉在了地上，董卓卻十分得意。

我是實在人，不說空話，只做實事！

好殘忍啊！

為了防止被人刺殺，董卓叫義子呂布保護他的安全。

呂布是我的乾兒子兼保鑣，看你們誰敢惹我？

閃亮登場

呂布

❦ 孟德獻刀 ❧

在渤ㄅㄛ海做太守的袁紹聽說了董卓的殘暴行為，給司徒王允寫了一封密信，商量一起除掉董卓。

司徒大人，我們一起聯合起來把董卓除掉。
——袁紹

這事不好辦哪……

王允

於是王允想了個辦法，有一天他在舊臣都在的時候，說自己要過生日，請大家來喝酒。

今天我過生日，晚上請大家來喝酒！

我再多揪一些人！

我負責帶蛋糕！

當晚，在生日酒宴上，王允突然大哭。眾人趕緊問他為什麼哭。聽完，眾人也都悲哭成一片。但驍_{ㄒㄧㄠ}騎校尉曹操卻撫掌大笑！

這個曹操，可不是一般人物。曹操，字孟德，小字阿瞞。他從二十歲時開始就一路升遷。

王允十分高興，把家傳的七寶刀交給曹操。

孟德乃大英雄也！

等我消息吧！

第二天，曹操佩戴寶刀來到相府，直接進入董卓的臥室。曹操看見呂布站在床前。

孟德為何來遲？

奉先，你去挑一匹涼州進貢的好馬給孟德。

唉，馬老了，跑不動。

呂布出去後，董卓太胖坐不住，想躺下來休息。曹操見來了機會，趕緊拔刀。沒想到董卓從鏡子裡看到了這一幕！

你想幹啥？

曹操嚇了一跳，本想衝上去砍殺董卓，但又聽到外面呂布的腳步聲響起。曹操靈機一動，「撲通」一聲跪下來，手舉寶刀，獻給董卓。

哎呀——獻個刀，幹嘛弄得讓人這麼緊張。

完了？被發現了？

我有寶刀一口，特意給丞相送來。

董卓一看，果然是好刀，就半信半疑地接了過來。這時呂布也走了進來。

好刀。

奉先，我去看看你為我挑選的良馬。

曹操來到府門外，上了良馬揚鞭而去。呂布對董卓說：「曹孟德剛才好像要殺你，你一問，他才說是獻刀給你。」董卓也是這個感覺。

拜拜囉！

我覺得曹操要殺我！

那還不追？

曹操騎著良馬，衝到東門。守門士兵阻攔，曹操謊稱
董卓叫他出去辦事，打馬而逃。

呂布趕緊跟董卓匯報，說曹操跑了。董卓大怒，曹操
肯定是行刺無疑。

曹操的功夫究竟有多高？

「孟德獻刀」是《三國演義》中關於曹操的一個重要情節，展現了曹操的勇敢無畏、聰明機敏。但歷史上卻沒有曹操刺殺董卓這段故事，也沒有所謂「七寶刀」。史料中只記載了董卓想招曹操去當官，曹操不肯去，然後喬裝逃跑的事件。由此可知，「孟德獻刀」是小說作者給曹操加的戲。

曹操在歷史上雖然沒有刺殺過董卓，但刺殺過另外一個人，那就是大宦官張讓。據史料記載，在董卓進京之前，大宦官張讓把持朝政。曹操看不慣張讓作威作福，就孤身前去刺殺他，結果被張讓發現了。張讓命令僕役門客數十人圍殺曹操。曹操拿著一支手戟，從屋內殺到屋外，沒有一個侍衛敢近身，最終曹操翻牆逃脫。這麼看來，曹操在年輕時，還是一位武林高手呢。

董卓原來也是武林高手

在許多與董卓有關的影視和漫畫作品中，董卓都是大腹便_{ㄅㄧㄢˋ}便的形象。他全靠猛將呂布的保護，才躲過眾多暗殺行動。那麼歷史上的董卓究竟是什麼樣子呢？

我才不是胖子，我是西北健美第一人。

我既是實力派，也是偶像派。

據《三國志·董卓傳》記載：「卓有才武，膂_{ㄌㄩˇ}力少比，雙帶兩鞬_{ㄐㄧㄢ}，左右馳_{ㄔˊ}射。」翻譯過來就是說，董卓的才能、武藝、體力非凡，很少有人能和他相比。他身體兩邊都掛有弓袋，能騎馬奔馳朝左右射箭。這哪裡是個行動不便的胖子呀，分明是個英姿颯爽的武林高手。

由此看來，即便歷史上曹操真的刺殺董卓，以董卓的非凡武力，曹操也很難得手。正是因為董卓有高超的才能與武藝，他才能夠在動盪的亂世中率先站穩腳跟，把控朝局。

要不是我，你早就被殺了。

我也是功夫高手，全靠自身的實力說話。

73

月 旦 評 ——漢末三國時期的脫口秀大賽

古人將年初一稱為元旦，將每月初一稱為月旦。根據《後漢書》記載，在漢末三國時期，每到月旦之時，汝南的許劭ㄕㄠ與許靖ㄐㄧㄥ兄弟就開始點評天下人物。凡是被他們誇獎的人，瞬間身價倍增。凡是被他們貶低的人，在社會上就混不下去了。

曹操年輕時沒有什麼名氣。漢末當官看重門第，所以曹操一直無法躋ㄐㄧ身上層的圈子。朋友就給曹操出主意，讓曹操去拜訪當時的大名士許劭，只要他得到許劭一句點評，就會身價倍增。

曹操為了自己的前途，數次去拜訪許劭，許劭都避而不見。終於有一次，曹操堵到了許劭。許劭無奈，只得送給曹操一句評價，那就是「清平之奸賊，亂世之英雄」。從此之後，曹操名聲大振，躋身仕途。

　　無獨有偶。袁紹是貴族豪門，每次出行都跟著很多車馬和隨從，場面十分壯觀。有一次他返回汝南老家，剛進入汝南境內，就把隨從都打發走了，然後一個人騎馬回家。別人問他為什麼這麼做，袁紹解釋說：「怎麼能讓許邵看到我如此奢華呢？」像袁紹這樣的公子哥，也怕輿論的威力呀！

　　「月旦評」是漢末三國時期名士風骨的體現，開了品評人物之先河，對當時政府選拔人才提供了很好的借鑒。

蒿里行

關東有義士，興兵討群凶。初期會盟津，乃心在咸陽。
軍合力不齊，躊躇而雁行。勢利使人爭，嗣還自相戕。
淮南弟稱號，刻璽於北方。鎧甲生蟣虱，萬姓以死亡。
白骨露於野，千里無雞鳴。生民百遺一，念之斷人腸。

曹操這個人雄才大略，文武雙全。他用自己的武才平定亂世，蕩平天下，又用自己的文才記錄下那個時代的真實情況。這首〈蒿里行〉就是曹操詩歌的代表作。

漢末三國時期是個群雄輩出的年代，也是一個民不聊生的年代。常年的諸侯混戰、群雄割據，給人民帶來了極大的痛苦。這首〈蒿里行〉的創作背景，就是群雄討伐董卓。初期諸侯們彙集在一起，但隨後各懷鬼胎，爭名奪利，導致聯盟瓦解。每次有戰爭發生，不管戰爭雙方誰輸誰贏，最終受苦的都是老百姓。

從今以後我們就是兄弟了。

乾杯，喝酒。

表面和氣，背後捅刀，真是兩面三刀。

從我的詩歌中，讀懂真實的歷史。

曹操用他的悲憫之心，通過詩歌切實地記錄下這一社會現實。整首詩語言樸質，氣質悲壯，堪稱漢末「詩史」，這也是曹操詩歌的一大特點。

第 3 章

三英戰呂布

捉放曹操

話說曹操那日刺殺董卓不成，騎馬逃走，想逃回老家。董卓下令沿途追捕曹操。曹操一路星夜兼程，途經中牟ㄇㄡˊ縣時，被守關軍士抓獲。

曹操被押到大堂上，縣令陳宮上下打量曹操。

曹操慷慨陳詞。縣令趕緊屏退左右，詳問原因。

陳宮一聽，親自爲曹操鬆綁，又請他到座位上，以禮
相待。

曹操很是高興。當天晚上，陳宮收拾衣物，帶上路費。兩個人各背一把寶劍，騎馬朝著曹操的故鄉而去。

走了三天，眼看著天又要黑了，前面有一個村莊，曹操認得是他父親結義兄弟呂伯奢家。

兩個人在莊前下馬，曹操上前敲門。有家人趕忙稟報
呂伯奢。

曹操和陳宮坐著等了一會兒，也不見呂伯奢回來。兩
個人正疑惑間，聽到莊後有磨刀的聲音。

兩個人躡手躡腳摸到草堂後面，就聽見莊子裡的人在議論。

快，綁起來！

糟糕！

然後再殺掉！

曹操一聽，以為這些人要抓自己，於是，他拔劍過去，見人就殺，接連殺了呂家八口人。

你……你……

你呆著做什麼啊，這叫先下手為強。

孟德！你太莽撞了！

曹操提著寶劍，搜索到灶房，發現地上有一頭被綁著的豬，這才恍然大悟。

兩個人見闖了大禍，急忙上馬就逃，半路上遇到打酒回來的呂伯奢。

曹操趁著呂伯奢不注意，揮劍刺去。呂伯奢慘叫一聲，倒地身亡。陳宮驚詫，不明白曹操為什麼這麼做。

聽陳宮這麼說，曹操冷笑說：「寧教我負天下人，休教天下人負我。」陳宮一聽，心裡直發冷，決定不再追隨曹操。

討董聯盟

見陳宮離自己而去，曹操只好獨自一個人回到陳留，
與父親匯合。見到父親以後，曹操拉到贊助，招募各
方英雄，很快就組織起自己的隊伍來。

這時候，渤海太守袁紹得知曹操要跟董卓開戰，於是
帶兵三萬，來跟曹操會師。

曹操起草了一份檄文，昭告天下。檄文一出，各鎮諸
侯響應者共有十七路。他們雖然兵力強弱不一樣，但
都熱情高漲，率領自己的人馬齊奔洛陽而來。

董卓欺天罔地，
滅國弒君。
穢亂宮禁，
殘害生靈……

北平太守公孫瓚統領精兵一萬五千人，正在路上行軍，遠遠望見劉備從桑樹林中前來迎接他。劉備向公孫瓚介紹了關羽和張飛，公孫瓚對這兩人早有耳聞，大加誇讚。

賢弟！

以前您對我多有幫助，聽說您路過，我略備薄酒……

玄德客氣了。

兩位英雄打得黃中軍丟盔卸甲，幸會啊！

公孫瓚

這是張飛、關羽！

幸會幸會！

得知公孫瓚要響應袁紹和曹操的號召討伐董卓，劉備決定跟隨公孫瓚一起去。

要是當初我一腳踹死董賊，是不是就沒有現在這麻煩了？

你要是態度再堅決點兒，我也勸不住你。

你倆別馬後炮！

各路諸侯齊聚，各自安營紮寨。曹操宰牛殺馬，會見諸侯。太守王匡提議要選出盟主，這樣才有利於作戰。

我看袁紹同學出身好、威望高，能夠勝任！

啊……我……？

對！就是你！

袁紹

袁紹再三推辭，但次日還是發表了就職演說。

承蒙諸位推舉我為盟主，有功必賞，有罪必罰，共伐董賊……

喏！

袁紹任命自己的弟弟袁術任糧草官，主管各路諸侯的糧草供應。長沙太守孫堅（字文台）出列表示願意當先鋒官。

文台有勇有謀，我看行！

我願當先鋒！

孫堅

孫堅帶著自己的兵馬殺向洛陽東邊的汜ㄙ水關。守關
將士嚇得趕緊去洛陽相府稟告。

董卓正在飲酒作樂，李儒拿著告急文書急急趕來。

董卓一聽也驚慌失措，趕緊召集眾將商議對策。溫侯
呂布挺身而出。

董卓聽呂布這樣說，心裡樂開了花。這時呂布身後站出一人請戰，這人名叫華雄。董卓仔細打量華雄。華雄身高近兩米，體態健碩，相貌兇猛。董卓哈哈大笑，趕緊加封華雄爲驍騎校尉，讓他出關迎戰。

十七路諸侯當中有個人叫鮑信，他擔心孫堅當了先鋒官，功勞都叫孫堅給搶去了。於是鮑信跟弟弟鮑忠商量了一下，帶著三千兵馬抄小路先到了氾水關下挑戰。

華雄帶著五百鐵騎出來應戰。鮑忠和華雄剛一交手，華雄手起刀落，斬鮑忠於馬下。

隨後孫堅領兵來到關下。孫堅麾下有四名猛將：程普、黃蓋、韓當、祖茂。程普刺死了出來迎戰的華雄副將，孫堅第一仗就大勝。

俗話說，兵馬未動，糧草先行。孫堅大軍在前方奮勇
殺敵，袁術這邊卻屯著糧草不給發放。

孫堅是江東猛虎，他要是打了勝
仗，殺了董卓，以後……

那到底是說有糧草還是沒有啊？

這個……可以說有，但是不能叫他們
拿到手！

嗯？……

孫堅軍中沒有糧草供應，兵將都有怨言。這個情況被
華雄派出的探子聽到了。

一天只吃兩頓飯，
怎麼能有力氣？

好餓啊！

華雄心中有了計策，傳令讓兵士吃飽飯。晚上趁著天黑，華雄和副將引兵夜襲。孫堅軍隊大亂，組織不起有效的抵抗。

孫堅慌忙披掛上陣，正好遇見華雄。兩馬相交，鬥在一起。眼看著大勢已去，孫堅在部將祖茂的保護下倉皇而逃。

華雄在後面緊追不捨，孫堅在馬上取箭，回身就射。華雄躲過兩箭，孫堅射第三箭時，用力過猛，拽斷了鵲畫弓。沒有辦法，孫堅只能縱馬狂逃。

華雄率領兵馬隨後追殺。祖茂看見孫堅頭上戴的紅色帽子，明白華雄兵馬是靠這個來辨認孫堅。於是，他跟孫堅換了帽子，分開逃跑。

華雄兵馬果然中計，一路追趕祖茂。祖茂看實在擺脫不掉追兵，就把帽子掛在一戶人家的柱子上。華雄兵馬將房子團團圍住，卻不敢靠近。

亂箭齊發射落帽子，華雄才知道是中計了。祖茂從林後殺出，但他實力跟華雄相差懸殊，被華雄斬殺。

溫酒斬華雄

孫堅大敗。折損了大將祖茂，孫堅悲痛不已。這也讓袁紹非常震驚，趕緊在大帳之內與大家商議破敵良策。眾人都畏懼華雄的勇猛。袁紹看見公孫瓚身後站著三個人，便問公孫瓚這三人是誰。公孫瓚趕緊向大家介紹劉備三人。曹操聽說是打敗黃巾軍的劉備，對他很是看重。袁紹賜座，叫劉備在末位坐下。

這時探馬來報，說華雄已大兵壓境。袁紹趕緊問：
「誰敢去迎戰？」

小將俞涉去了沒多久，兵士來報，俞涉與華雄戰了不
過三個回合，就被華雄斬了。

太守韓馥趕緊推薦上將潘鳳，說潘鳳武藝高強，可以打敗華雄。

潘鳳去了沒多久，兵士來報，潘鳳也被華雄斬了。

正當眾人害怕之際，站在劉備身後的關羽站了出來。

袁紹很生氣，叫身份不對等的一個馬弓手出去跟華雄
交戰，恐怕會被華雄恥笑。

我太難了。

都火燒眉毛了，別人誰還敢去啊？再說
了，關羽臉上也沒寫著他是馬弓手啊。

就是，得看能力。

思想太僵化了！

我反對！

你最不像話！

關羽這時才發現，整個營帳裡沒有幾個人看得
起自己啊。曹操支持關羽，關羽也表了決心。
於是曹操斟酒，讓關羽熱熱地喝完再去。

酒先放這兒，
我先去幹正事，
回來再喝！

算了吧，你一上
場就會被華雄剁
成餃子餡！

給點面子，
乾了！

關羽提著刀走出大帳。只聽外面鼓聲震天，喊殺聲震耳欲聾。大帳內一片寂靜，都以爲關羽完了。

都說話啊，好歹也出去比畫比畫啊。

來抽籤，誰抽到誰去跟華雄拚命。

肯定又沒戲了。

突然，關羽回來了，咣當一下把手中的包袱扔在地上，原來是華雄的人頭。曹操趕緊把酒杯遞給關羽，那酒還溫著呢。

那個……人頭在此，你們驗驗貨，我先乾爲敬了！

啊！

哥們，英雄不問貴賤，袁紹不喜歡你，我敬佩你。

雲長停盞施英勇，
酒尚溫時斬華雄。

三英戰呂布

董卓聽說愛將華雄被關羽殺了，氣急敗壞地把袁紹在朝中做官的叔叔袁隗一家給斬了。呂布提著方天畫戟率兵出戰。

這呂布果然英勇無敵，連殺方悅、穆順兩員大將。北海太守孔融部下的大將武安國騎馬來應戰，結果呂布一戟就把他的一隻手給砍了下來！

袁紹指揮得有點兒頭疼，趕緊問曹操怎麼辦。

我腦瓜子有點兒疼！

我看別按規矩打了，這麼打下去，一個一個都得肉包子打狗。

那也不能抽籤啊，萬一你和我哥抽到怎麼辦啊？

有辦法了，一起上吧！

公孫瓚氣不過，出去跟呂布打了起來，但打不了幾個回合就敗了，趕緊逃跑。呂布那赤兔馬速度快，很快就追上了公孫瓚。

呂布舉著畫戟正要殺公孫瓚，這時張飛挺著丈八蛇矛
衝了過來。

三姓家奴，往哪裡走！

你叫我啥？

三姓家奴啊。

不明白……

你姓呂，拜丁原為義父，又拜董
卓為乾爹，那不是三個姓嗎？

好生氣！

你生什麼氣啊？誰叫你到處認爹了！

呼——還好張
飛來了！

呂布氣得臉紅脖子粗，跟張飛打鬥了五十多個回合，
兩人不分輸贏。

劉備和關羽商量了一下，覺得曹操說的有理，都這個
時候了，單打獨鬥是真的沒把握，必須圍毆，於是兩
人各自揮舞兵器，也加入戰局。

三個人圍住呂布，走馬燈一樣廝殺。各路人馬都看呆了。

劉備、關羽、張飛與呂布大戰。呂布心想這麼下去可
不行，還是先走為妙，於是倒拖著畫戟，飛馬回城。
劉備三人哪裡肯放跑他，拍馬就追。

好漢不吃眼前虧，我沒輸給你們！

那你跑啥？

大哥說得對！

到我這兒什麼詞？啊……
三姓家奴，還敢不服！

哪裡逃！

歷史上放走曹操的究竟是誰?

在小說《三國演義》中,曹操刺殺董卓失敗後,連夜逃跑,被董卓通緝。當曹操路過中牟縣時,被中牟縣令陳宮抓住。陳宮感動於曹操的大義,將他釋放。這就是著名的《捉放曹》的故事,也是京劇中著名的經典劇碼,在舞臺上久演不衰。

查證史料,我們會發現捉放曹操的人並不是陳宮,史料上只說這個人是中牟縣令。羅貫中為了增加曹操和陳宮的糾葛,讓陳宮提前出場,因此才有了這齣經典的陳宮《捉放曹》。

意外地提前出場了。

多給配角一些露臉的機會。

陳宮放了曹操之後,和曹操一起出逃。當路過呂伯奢家時,曹操誤以為對方要害自己,於是誤殺了呂伯奢全家。當陳宮質問曹操時,曹操說出了這句名言:「寧教我負天下人,休教天下人負我。」這個事件是有歷史依據的,但在史料中曹操的原話是「寧我負人,毋人負我」。羅貫中為了渲染曹操的奸雄形象,將其改為「寧教我負天下人,休教天下人負我」。

後來晉朝時期有一位奸雄,名叫桓溫,他曾說:「大丈夫不能流芳百世,亦當遺臭萬年。」表現出在亂世中努力成就一番事業,不惜手段的奸雄野心。曹操和桓溫的這兩句話,已經成了中國歷史上著名的奸雄心聲,值得後人反思。

奸雄爭
PK

我的名言更加霸氣。

我的名言更加囂張。

桓溫

歷史上究竟有沒有「三英戰呂布」？

　　這一章節中的「三英戰呂布」是《三國演義》中經典的陣前單挑片段，著力刻畫了劉、關、張三人的勇猛。但這種靠大將個人武力來決定戰場勝負的情節，是否符合歷史呢？

　　其實在歷史上很少有這種武將陣前單挑的情況，即便有，也是戰場中偶然的遭遇戰。仔細想想，這種武將單挑的情況也不符合實際。俗話說：千軍易得，一將難求。放著千軍不用，靠一將來決勝負，這也太不合理了。我們在小說和影視劇中，經常能看到單挑的情形，那是因為作者要增加情節的緊張感與傳奇性。

　　提起三國故事中的第一猛將，大家都會說是呂布。在虎牢關前，呂布一人對戰劉、關、張三人，也毫不落下風。但細究史料，我們會發現歷史上並沒有「三英戰呂布」。當時劉備、關羽、張飛三人的確參加了討伐董卓的戰役，但並沒有和呂布交手。

　　在史料當中，對關羽、張飛的武力評價是「萬人之敵」，對呂布的武力評價是「虓ㄒㄧㄠ虎之勇」。所謂「文無第一，武無第二」，武力排名本來就是小說家之言，至於歷史上他們誰的武力最高，那只能仁者見仁，智者見智

關羽太猛了，快來幫我。

哈哈，養兵千日，用兵一時，當啦啦隊。

加油！

加油！

文
化
小
辭
典

虎牢關

　　虎牢關又稱汜水關、成皋關、古崤關，是古都洛陽東邊的門戶和重要的關隘，周穆王曾在此圈養老虎，因此得名。虎牢關南連嵩嶽，北濱黃河，山嶺交錯，自成天險，為歷代兵家必爭之地。在小說《三國演義》中，虎牢關三英戰呂布、汜水關溫酒斬華雄都是耳熟能詳的情節。但在歷史上虎牢關和汜水關其實是一個地方，只是不同歷史時期的不同叫法，可能是我們的偶像羅貫中弄錯了。

上文我們說過，虎牢關「三英戰呂布」的故事是小說虛構的，但這不影響虎牢關的歷史地位，因為在歷史上虎牢關發生過不少改變歷史的戰役。楚漢時期，劉邦和項羽在這裡進行了成皋之戰，最終劉邦取勝，成為楚漢之爭的轉捩點。

項羽：小子，我一個人能打你十個。

劉邦：嘿嘿，得虎牢者得天下。

到了唐朝初年，虎牢關又發生了一場著名戰役。唐武德三年（620年），22歲的秦王李世民奉父親李淵之命，前去征伐洛陽的王世充，王世充遣人向割據河北的夏王竇建德求救。就在虎牢關，雙方軍隊相遇，李世民大敗竇建德，而後進軍洛陽剿滅了王世充，成功地邁出了大唐王朝統一天下的第一步。因為李淵的祖父名叫李虎，為了避諱，虎牢關被改為武牢關。

我是虎牢關的王者。

李世民：別吹了，都是羅貫中給你虛構的，我才是真正的虎牢關王者。

馬（其八）

> 赤兔無人用，當須呂布騎。
> 吾聞果下馬，羈[ㄐㄧ]策任蠻兒。

俗話說，寶馬配英雄。漢末三國時期英雄輩出，自然也少不了寶馬良駒。呂布的赤兔馬更是聞名遐邇[ㄦˇ]，在歷史上就有「人中呂布，馬中赤兔」的名言，因此赤兔馬被很多詩人當作典故寫進詩中。

唐代詩人李賀就寫過一組《馬》詩，整組詩一共二十三首，每一首詩都在寫馬，但其實是藉物抒懷。詩人通過對馬的描寫，來展現自己想要建功立業的遠大抱負。整組詩靈活運用了大量的古代名馬典故，其中自然少不了赤兔馬。

在這組《馬》詩的第八首中，詩人感嘆道：「赤兔無人用，當須呂布騎。」意思是說駿馬赤兔沒有人敢來騎乘，只有猛將呂布才能駕馭[ㄩˋ]牠。作者通過呂布和赤兔馬的典故，表現了有志之士的願望，抒發了自身懷才不遇的憤慨。

第 4 章

孫聖之死

꩜ 火燒洛陽 ꩜

前面我們講到一位亂世英雄孫堅。孫堅，字文台，是
江東的一員猛將。據說他是春秋時期軍事家──「兵
聖」孫武的後代。孫堅本是縣吏，因勇敢又有謀略而
被官府賞識，提拔為軍官。

孫堅多次成功平定漢末叛亂，又在征討黃巾軍的戰鬥中立下許多功勞，被東漢朝廷封爲長沙太守、烏程侯。後來董卓亂政，孫堅聯合袁術，加入了諸侯聯軍。十七路諸侯討伐董卓的時候，孫堅的軍隊最爲驍勇善戰。

孫堅率軍數次擊敗董卓的軍隊，不想卻遭到小人袁術的算計。掌管軍隊後勤工作的袁術不肯給孫堅的軍隊發放糧草，這可惹惱了孫堅。

孫堅連珠炮似的追問，讓袁術啞口無言。沒辦法，袁術就殺了一個替罪羊。這時候，孫堅部下來稟報。

孫堅回到自己的軍隊駐地，發現來人正是董卓麾下的
猛將李傕。

孫堅一聽，簡直以為李傕在開玩笑。現在兩邊正打得
火熱，他卻跑來提親，真是非常荒唐。因此孫堅一聽
這話，立刻勃然大怒，罵得李傕抱頭鼠竄。

李傕被罵得體無完膚，回來見董卓。

董卓一聽，肺都快氣炸了。李儒和李傕趕緊勸解。

李儒建議道：「咱們不如帶兵回洛陽，搬遷都城到長安。」原來是因為最近民間流行一首童謠，讓李儒有了這個想法。

東頭一個漢，西頭一個漢。

鹿走入長安，方可無斯斷。

這是什麼意思？

我不大懂藝術，唱的是什麼意思？

「東頭一個漢」，是說在長安那地方傳了大漢十二個皇帝。

哦，那「西頭一個漢」，意思是在洛陽咱待的這地方也傳了十二個皇帝？

對！

董卓經過李儒的引導，文藝細胞立刻活躍起來。成功把這首童謠的意思搞清楚了。

董卓把滿朝文武召集起來，商量遷都回長安的事。

大臣們一個個搖頭嘆氣，互相囑咐回家管好孩子，別讓他們再亂唱。有大臣看董卓不是在開玩笑，趕緊上前進諫反對。結果，誰阻攔遷都到長安去，董卓就把誰處死。

董卓派鐵騎抓捕洛陽富戶，誰有錢誰倒楣，先給他們安上反臣逆黨罪名給殺了，再把家產都充公。董卓又命令李傕等人驅趕數百萬洛陽老百姓搬家去長安。一隊百姓身後跟著一隊押解的官兵。老百姓苦不堪言，死在溝壑路邊的不計其數。

董卓臨走前想了想，覺得帶不走的好東西也不能便宜了其他人，於是叫人放火燒了洛陽城。

董卓還吩咐呂布把先皇和后妃的陵寢全部挖開，把值
錢的東西都帶走。

就這樣，董卓帶著滿載金銀財寶的數千車架，挾天子
和后妃，浩浩蕩蕩奔長安去了。

❀ 傳國玉璽 ❀

話說孫堅這邊聽說董卓棄洛陽城而去，便率領兵馬直奔洛陽而來。遠遠就見洛陽城火焰沖天，黑煙鋪地，二三百里沒有雞犬人煙。

董卓走後，諸侯們的兵馬相繼趕到。孫堅帶領兵將撲滅宮中大火，屯兵於城內荒地上。他把大帳設在了建章殿的地基上，命令將士把董卓掘開的陵墓都掩閉好。

孫堅命人在太廟的基礎上臨時搭建了三間殿屋。他請諸位諸侯前來，供上神位，用最高等級的祭品「太牢」祭祀。「太牢」就是指牛、羊、豬三樣祭品都有。諸侯祭拜完畢，都各自回到駐地。

孫堅也回到駐地中。夜晚，星月交輝，好不壯觀。孫堅按著寶劍坐下來，仰觀天文，感慨萬千。

帝星不明，賊臣亂國，萬民塗炭，京城一空！

孫堅正在黯然神傷時，有兵士來報信。

孫堅趕緊叫士兵點起火把，下井去打撈。士兵從井中
撈起一具婦人屍體，雖然婦人死去很久了，但是屍體
並沒有腐爛。這人一身宮女裝扮，身上帶著一個錦
囊。士兵取下錦囊，發現裡面有個朱紅小盒，用金鎖
鎖著。

孫堅手下大將程普趕緊請孫堅遣散眾人，之後兩人才
小心翼翼的把朱紅小盒打開。小盒裡面是一枚玉璽。
這玉璽方圓四寸，上面鐫刻舞龍交扭，玉璽邊上層
缺了一角，用金子修補上。玉璽上面寫著八個字：受
命於天，既壽永昌。

孫堅得到這塊玉璽，趕緊請教程普，程普一五一十地
說起了這玉璽的來歷。

這是傳國玉璽，春秋時期，楚國人卞和在荊
山之下看到一隻鳳凰落在一塊石頭上面，他走
近一看才知道那石頭是一塊良玉。卞和把玉進
獻給楚文王。後來這塊玉到了秦王手裡，秦二
十六年（西元前221年），良工將玉雕琢為玉
璽，李斯在玉璽上篆刻了八個字……

孫堅認真聽講，程普繼續講述這傳國玉璽的來龍去脈。

……漢光武帝在宜陽得到這個傳國玉璽，一直傳到了現在。這些年十常侍作亂，少帝跟著顛沛流離，從北邙回來就丟了玉璽。

孫堅還沒回過神來，程普便已拜倒。就在孫堅和程普正在商量後續行動時，被一個士兵聽到了。這位士兵正好是袁紹老鄉。

這傳國玉璽被主公得到，想必是暗示您要登基稱帝，這是天意呀。主公速決定，咱們趕緊回江東去。

我告訴袁紹去，然後領賞……

袁紹老鄉

將軍快快請起！對，不打董卓老賊了。

孫堅和程普沒想到的是，他們說的話被袁紹老鄉告訴了袁紹。第二天，孫堅來到袁紹大帳中請病假。

唉，這幾天我有點兒不舒服，想回長沙養病。

哈哈！你拿了那傳國玉璽，肯定是不舒服啊。

袁紹

大概是闌_{ㄌㄢ}尾炎吧。

孫堅一聽大驚失色。

是！

您為什麼這麼說？

來人！把張三帶上來！

那位袁紹老鄉進入帳中，指證孫堅私藏玉璽。

孫堅大怒，要拔刀殺了袁紹老鄉，袁紹當然不能答應，雙方劍拔弩張，眾諸侯一起勸架，兩夥人才沒有當場打起來。

回去後，孫堅上馬，帶著自己的人馬拔寨而去。袁紹氣得不行，趕緊寫了一封信，叫心腹帶著連夜去荊州送給刺史劉表，想讓劉表在路上把孫堅攔住，把傳國玉璽奪下來。

荊州刺史劉表，字景升，是漢朝皇室宗親。他接到袁紹的信以後，馬上派兵馬攔截孫堅。

孫堅見劉表擋住去路，在馬上行禮。

孫堅一聽大怒，雙方話不投機打了起來。孫堅部下拚死護衛他，損兵大半，孫堅才奪路逃回江東。自此孫堅和劉表結了仇。

孫堅應誓

唉，這十七路諸侯討伐董卓，信誓旦旦要團結一致。結果沒有傷到董卓一根毫毛。反而十七路諸侯是十七條心。袁紹和袁術還是親兄弟呢，也因為利益關係鬧翻了。

這個袁術向來成事不足，敗事有餘。見跟哥哥袁紹要良馬不成，他又找劉表借糧食。劉表也推脫不給。

孫堅接到袁術的信，馬上召集兵將要去攻打劉表。大將程普趕緊勸他。

主公，袁術人品不好，不能聽他的啊。

我不是聽袁術的，我是聽說要打劉表。

這口氣我咽不下去！

孫堅要發兵打劉表，弟弟孫靜也來勸他。

為一小恨貿然起重兵，不大合適呀，哥哥你得考慮仔細。

此仇不報非君子！

孫策

孫靜

父親，兒願意跟您一起去殺敵！

孫堅帶著兒子孫策乘船直奔樊城。劉表手下的將領黃祖在河邊埋伏了弓弩手，見船靠岸就亂箭齊發。孫堅命令船隻來回移動，三天之內，船隻數次靠岸，黃祖都不管不顧地射箭。

這點兒真是小意思！

父親真是足智多謀！

嘿嘿嘿

等黃祖把箭射沒了，孫堅命令兵將借著順風一起放箭。岸上士兵很快就招架不住，孫堅一馬當先，率領將士衝上岸去，殺得黃祖大敗而逃。

中計了！孫堅真是狡猾！

唰

黃祖

黃祖兵敗，來見劉表，說孫堅太勇猛了，根本攔不住。劉表慌了，趕緊與心腹蒯良商議。

主公，那個孫堅太厲害了！

趕緊深挖戰壕，先避開孫堅的鋒芒，向袁紹求救吧。

 蒯良

 蔡瑁

不能叫孫堅欺負到家，我願意請軍出戰。

好！你快去把那個孫堅給我拿下！

結果這個蔡瑁去得快，回來得也快。他一到那兒就被孫堅打了個丟盔卸甲。蔡瑁丟下無數士兵的屍體，逃回襄陽城。

不戰不知道，一戰嚇一跳！我們被孫堅打慘了！

主公，蔡瑁不聽良策，應該斬首。

蔡瑁剛娶了我妹妹，難道叫我妹妹守寨啊？

孫堅兵分四路，圍住襄陽城。這一天，不知道爲什麼突然刮起一陣狂風，孫堅的帥旗旗杆一下子被吹斷了。

主公，此非吉兆，別打了。

沒事，就差一點點就逮住劉表了。

哼嘿

韓當

堅持一下。

唔

薊良給劉表出了一個計策：讓人帶領五百人，多帶弓箭手，闖出去以後在山上佈防，如果孫堅追擊，就殺他個措手不及。

好！這次一定要勝利！

主公，末將願意前往！

呂公

呂公按照計策行事，
黃昏時分悄悄開了
東城門，領兵出城。

聽說有一隊人馬殺了出來，
往峴（ㄒㄧㄢˋ）山而去，孫堅也不跟
別的將士打招呼，帶著三十
多人追了過去。

將士們！隨我
一起出戰！

嗒

呂公先到峴山，設下埋伏。孫堅一個人騎馬先趕到，和呂公打了起來。呂公不戀戰，躲進山林中。孫堅在後面追趕，忽然聽到一聲鑼響，山上石頭和亂箭齊發。孫堅猝不及防，被亂石亂箭射殺，人馬都死於峴山之內。

嗚呼！我的毒誓應驗了！

江東猛將孫堅這年才三十七歲，就慘死在峴山。孫堅
一死，劉表大軍開始反攻。黃祖遇到了孫堅的部下黃
蓋，被黃蓋活捉。

殺死孫堅的呂公在亂戰中遇到程普。程普已經殺紅了
眼睛，一矛刺死了呂公，爲孫堅報仇雪恨。

劉表大軍逃入城中，兩軍又開始對峙。然而孫堅的屍
首被劉表的軍士抬進城內，孫策怎麼可能退兵。

黃蓋派人進城跟劉表談判，願意用黃祖換取孫堅的屍
首。

孫策換回父親屍首，護送靈柩回江東。孫堅的遺體被
安葬在曲阿ㄜ，一代名將至此謝幕。

斬殺華雄的人其實是孫堅

「溫酒斬華雄」是《三國演義》中耳熟能詳的故事。講的是關羽在出戰華雄時，曹操敬了他一杯熱酒。等關羽斬完華雄歸來，此酒還是溫的。這個是小說中襯托關羽神勇的經典片段，但我們翻閱史書會發現，歷史上「斬華雄」的猛將另有其人。

《三國志・吳書・孫破虜討逆傳》記載：「大破卓軍，梟其都督華雄等。」由此可知，在歷史上斬殺華雄的人其實是孫堅。看來，作者羅貫中又一次移花接木，將孫堅的事蹟安到了關羽身上。

孫堅的祖先真的是兵聖孫武嗎?

按照古代史官編寫史書的慣例,凡是英雄人物,史官都會給他們找一個厲害的祖先。比如稱曹操的祖先是西漢丞相曹參,劉備的祖先是西漢中山靖王劉勝。至於這些祖先是真是假還真說不準。孫堅的祖先和曹操、劉備的祖先相比,更加缺乏可信度。

我祖先是曹參。

我祖先是孫武。

我祖先是劉勝。

你們祖先都不一定是真的。

《三國志·吳書·孫破虜討逆傳》記載:「孫堅,字文台,吳郡富春人,蓋孫武之後也。」這個孫武,就是大名鼎鼎的《孫子兵法》的作者兵聖孫武。孫堅的祖先真的是兵聖孫武嗎?未必。首先,沒有可靠的族譜來證明。其次,孫堅和孫武之間,除了都姓孫,沒有任何關係。最後,兩人生活的時代相差了七八百年,完全無法考證。

也許正是這個原因,史書在記載孫堅身世時,寫的是「蓋孫武之後也」。這個「蓋」就是大約的意思。看來史官本人也不敢下定論,所以讀者們也就不要太糾結這個問題了。

我都說了是大約,所以我也不知道是不是真的。

傳國玉璽 ——天命所歸的憑證

　　「傳國玉璽」是封建王朝皇帝們的印章，玉璽正面刻了八個大字：受命於天，既壽永昌。以此來證明皇帝是天命所歸。中國古代封建王朝不斷地改朝換代，傳國玉璽就這麼一直傳承下來，被視為正統王朝延續的象徵。

　　「傳國玉璽」是由和氏璧製作而成的。這塊和氏璧有著種種傳奇故事。和氏璧產於楚地荊山，被一位名叫卞和的人發現，因此叫「和氏璧」。

玉璽在手，
天下我有。

　　和氏璧剛被發現時沒有經過雕琢，因此外形不好看。卞和數次將和氏璧獻給楚王，楚王卻認為卞和是個騙子，命人把卞和的雙腳砍掉。直到新任楚王繼位，下令雕琢和氏璧，才發現這果然是一塊稀世寶玉。

別看這塊玉很醜，它可是價值連城的寶玉。

鑑寶大會

文化小辭典

後來和氏璧到了趙王手裡，秦王假意用幾座城交換來騙取和氏璧，但趙國的謀士藺相如識破秦王的計謀並成功將和氏璧帶回趙國，這就是成語「價值連城」與「完璧歸趙」的來歷。

　　再後來這塊和氏璧就到了秦始皇手中。秦始皇統一天下後，將和氏璧做成傳國玉璽。秦漢更替，本節故事中孫堅藏匿的就是這塊傳國玉璽。

　　孫堅死後，傳國玉璽被袁術所得。袁術死後，有人將傳國玉璽獻給了曹操。從此之後，傳國玉璽被歷代王朝傳承下去，由魏到晉，由晉到南朝，最終到了隋煬帝的手中。隋煬帝死後，傳國玉璽遺失，至今不知去向，成為歷史上著名的謎案。

南鄉子‧登京口北固亭有懷

何處望神州？滿眼風光北固樓。千古興亡多少事？悠悠。不盡長江滾滾流。年少萬兜鍪，坐斷東南戰未休。天下英雄誰敵手？曹劉。生子當如孫仲謀。

　　這闋詞的作者是南宋愛國詞人辛棄疾。當時北方的金朝、蒙古相繼入侵，偏安江南的南宋朝廷毫無鬥志，只想一味求和。

　　擁有一顆愛國之心的辛棄疾有心報國，但總被求和派打壓，一腔抱負無處施展。這一天，他登上鎮江北固山，望著奔騰的長江，不禁感慨萬千，想到了當年敢與曹操、劉備一爭天下的孫權，於是寫下了這闋詞。

　　整闋詞氣勢磅礡，藉讚美孫權來襯托當時南宋朝廷的軟弱求和，並以此激勵那些有心報國的仁人志士，結尾的那句「生子當如孫仲謀」更是流傳千古的名句。這句話也有典故。當年曹操率軍攻打東吳時，孫權毫不畏懼，英勇抵抗。曹操看到孫權軍隊軍容威嚴，戰力充沛，於是

朝廷要是像當年孫權那麼勇猛就好了。

感嘆：「生子當如孫仲謀。」

　　這位孫仲謀的父親，正是孫堅。孫堅去世之後，大兒子孫策繼位，打下了江東霸業的基礎。孫策死後，孫堅的二兒子孫權繼位，保全江東，力戰曹劉，最終形成了魏蜀吳三國鼎立的局面，成就了孫吳帝業。孫堅本人是江東帝業的奠基人，所以這句「生子當如孫仲謀」，與其說是讚美孫權，不如說是誇讚孫堅。

我地盤大。

我猛將多。

我兒子好。

我爹最棒。

我是最強老爸。

我爹最強。

孫策

孫權

第 5 章

連環計

巧使連環計

話說十七路諸侯討伐董卓，最後卻是雷聲大雨點小，各方爭鬥不絕，最後分崩離析，不了了之。董卓毫髮無損，還將漢都從洛陽遷往長安。孫堅在伐劉表時戰死，董卓知道後非常高興，並召集李儒、呂布等人開了個總結檢討會，結論是十七路諸侯十七顆心眼，根本無法團結對抗自己。從此，董卓更加驕橫，自稱爲尚父。

董卓派二十五萬民夫，在距離長安城二百五十里的地方建造郿塢。其城郭高下厚薄跟長安差不多，裡面蓋著宮殿，倉庫屯積了二十年的糧食，選民間少年、美女八百人伺候他們一家，金玉、彩帛、珍珠堆積不知其數。

董卓每半個月或一個月從郿塢到長安一次。每次來回，滿朝文武都得迎來送往。一天，董卓宴請百官，沒有誰敢不去，都得給他面子。席間，董卓命呂布把司空張溫從桌上直接拎了出去。

沒一會兒，侍從托了一個紅盤進來，上面是張溫的人頭。百官嚇得魂不附體，哆哆嗦嗦。

司徒王允回到府上，尋思白天席間之事，坐立不安。一直到夜晚，夜深月明，到後花園仰天垂淚。忽然，王允聽到牡丹亭畔府中歌伎貂蟬在長吁短嘆。王允不知道貂蟬為什麼嘆息，走過去詢問。

受大人恩養，訓習歌舞，以禮相待，妾身就算粉身碎骨，也無法報答大人。最近見大人兩眉愁鎖，必有國家大事。

你在這裡做什麼？

可妾身又不敢問。今晚又見到您行坐不安，因此長嘆。不承想被大人看見了。如果有用到妾身之處，萬死不辭！

王允一聽，馬上把貂蟬叫到內室。看左右沒有人，司徒王允叩頭便拜。貂蟬嚇得也趕緊伏在地上。王允說著說著，淚如泉湧。貂蟬馬上答應，只要王允下命令，自己萬死不辭。

我看董卓和呂布二人都是好色之徒，我想用連環計，如此這般……

妾身願意相助！

第二天，王允把家裡收藏的數顆夜明珠拿出來，叫工匠打造了一頂金冠，叫人偷偷給呂布送去。呂布非常高興，親自到王允家表示感謝。王允準備好了酒席，親自接呂布到後堂。兩個人邊吃邊聊。

將軍是天下最大的英雄，我敬將軍之才啊！

您是朝廷大臣，我是相府一個將官，大人卻給我打造一頂金冠，太抬舉我了！

酒過三巡，菜過五味，王允把貂蟬叫了出來。呂布頓時看呆了。這貂蟬相貌出眾，如出水芙蓉。呂布一下子就喜歡上了。

將軍，我想把義女貂蟬送給將軍。

將軍請喝酒。

撲通～

不知道行不行？

太行了！

又過了幾天，王允邀請董卓到家裡做客。董卓興致挺高，王允順著董卓的心意聊，捧得董卓心情特別愉快。這時候，貂蟬在簾外開始翩翩起舞，以助酒興。

舞者是歌伎貂蟬，年方二八，才貌雙全。

挺會享受娛樂生活的嘛！

貂蟬跳完舞，走入簾內，向二位大人行禮。董卓見貂
蟬生得美麗出眾，簡直太喜歡了。王允又命貂蟬唱
曲，董卓聽呆了，連王允喊他都聽不到了。

王允見董卓對貂蟬著迷，心裡暗暗高興。

王允命人備好氈車，先將貂蟬送到相府。董卓也起身告辭。王允親自把董卓送回相府，辭別董卓回來的路上，遇到了氣勢洶洶的呂布。

見呂布質問，王允不慌不忙解釋。

太師來我家飲酒，他聽說貂蟬許給了將軍。太師就把貂蟬帶走，說給你送府上成婚去了。

我怎麼不知道呢？

好飯不怕晚，將軍再等等。

聽王允這麼說，呂布將信將疑。第二天，呂布趕緊到相府打探。可是沒人跟他說起這事，問董卓身邊服侍的人，說董太師昨天晚上跟新人在一起，到現在還沒起床呢。呂布一聽氣壞了。

太師和新人在一起，現在還沒起床呢。

這算什麼啊？！

呂布偷偷潛入董卓臥房窺視。正好貂蟬在窗下梳頭，忽然見窗外池中照出一個人影，偷偷看過去，正是呂布。貂蟬故意皺眉，作憂愁狀。

哎呀，貂蟬這是受委屈了。

咳——

呂布去中堂見董卓，董卓已經起床了。貂蟬在繡簾內知道是呂布來了，以目送情。呂布一時間也神魂不定起來。董卓心生疑惑。呂布悻悻而出，心裡記恨董卓。董卓渾然不知這是王允和貂蟬的連環計，跟貂蟬終日廝守在一起。

奉先，沒事就回去吧。

也沒什麼事，給義父請安！

幾天後呂布不死心，藉口來請安，正好董卓睡覺，貂蟬在床後望著呂布，用手指心，又指董卓，揮淚不止，呂布實在是傷心了。

將軍救我！我的心永遠屬於你！

痛斷肝腸也！放心吧蟬蟬！

董卓感覺到異樣，睜開眼睛，看見了這一幕，氣壞了。

呂布被董卓罵了一頓，氣哄哄地出來，路上遇到李儒。呂布把事情告訴了李儒。李儒趕緊找到董卓，說明厲害關係。

情牽鳳儀亭

次日，董卓叫人把呂布喊來，好言安慰一番，還賜了
金子十斤，錦緞二十匹。呂布雖然嘴上感謝，但心裡
還是有疙瘩。

奉先啊，前幾天我神
情恍惚，錯怪你了。
你別跟為父計較。

孩兒怎麼
會和義父
計較呢。

神情恍惚就搶兒
子的愛人啊！

董卓再次入朝議事，呂布照例拿著兵器方天畫戟跟
隨。見董卓和漢獻帝談事，呂布便悄悄進了相府。

正好我看看
貂蟬去。

呂布直奔相府，把赤兔馬拴在府前，提著戟走進後堂。看見貂蟬，貂蟬告訴呂布去後花園鳳儀亭邊上等。呂布來到鳳儀亭中，看見貂蟬像月宮仙子一般。

義父把我許給將軍，能給將軍做婢妾，就很滿足了。你卻不來接我，讓我被太師這樣玷（ㄓㄢ）污。

不要做傻事啊！

如今我沒臉再活了……

貂蟬說完手攀曲欄，就要往荷花池裡跳。呂布慌忙抱住貂蟬，貂蟬哭訴起來。

我在深閨之中久聞將軍威名，沒想到你竟懼怕他人！

蟬兒，你放心，我一定把你帶出相府

嗚嗚嗚—

且說董卓在殿上跟漢獻帝議事，回頭一看，沒見到呂布。趕忙向漢獻帝告辭，回到府中。

董卓匆匆趕回家，看到呂布的赤兔馬拴在府前，就知道事情不好。

董卓遍尋不見貂蟬和呂布，直到來到後花園，就見呂布和貂蟬在鳳儀亭裡纏纏綿綿。董卓氣得七竅生煙，大喝一聲衝了過去。

呂布跑得快，一溜煙兒逃出府門，騎馬就跑。董卓長得肥胖，動作遲緩，追趕出來，正好與李儒撞在一起。

李儒趕緊把董卓攙扶起來。李儒聽說了董卓拿戟追趕
呂布的事，趕緊勸導董卓。

董卓回到後堂，問起貂蟬到底是怎麼回事。貂蟬痛哭
起來。董卓聽完也很生氣，但是想起李儒的勸告，就
說要把貂蟬送給呂布。

貂蟬拿起寶劍要證明清白，說什麼也不肯放下，董卓徹底被貂蟬感動了，決定把貂蟬送到郿塢去居住。

李儒以爲董卓聽勸了，來催促儘快把貂蟬送給呂布，誰料到董卓變卦了。

董太師伏誅

見董卓不同意送走貂蟬，李儒也沒有辦法。他感嘆
著：我們這些人早晚都得死在這個婦人手裡。
董卓帶著貂蟬回郿塢，百官都得相送。貂蟬在車上遠
遠看見呂布也在人群中。馬上搗著臉傷心地哭起來。

車已經走遠，呂布還在出神。這個時候，王允走過來。

王允裝作什麼都不知道。呂布捶胸頓足，把事情講了一遍。

太師太欺負人了，侮辱我女兒，搶奪將軍妻子，不能忍啊……

我想殺了這老賊，可是我們有父子情分。

他拿戟擲你的時候，是不是沒有想到父子情分？差一丟丟就給你插在腦袋上了。

我該怎麼辦？

將軍若扶漢室，當忠臣千古留名，你跟董卓這麼不是人的混，遺臭萬年！

你這麼一說，我這小暴脾氣壓不住火了。

171

王允見說動了呂布，馬上安排設計把董卓誆回長安城，伺機下手。選來選去，覺得都尉李肅比較合適。

當初就是你勸我把乾爹丁原幹掉的，現在我要殺第二個乾爹，又得麻煩你了。

我也正有此意。董卓這傢伙都不提拔我！

那就趁熱打鐵！

次日，李肅帶著十多人馬，前往郿塢。董卓聽說天子有詔書，趕緊把李肅叫進來。

什麼事？

天子病剛好點，他想找你回去商量商量讓位與你，自己不想幹了。

昨天晚上我夢到一龍罩身，果然……

董卓一點戒備都沒有，馬上決定回去當皇帝。他進內
室辭別老母和貂蟬。

兒啊，最近我心裡頭老是不踏實，別有什麼閃失。

母親啊，我要是當了天子，你就是太后。貂蟬你就是貴妃！

董卓出了郿塢，才走不到三十里，車輪子就掉了。他
趕緊換馬，馬又把韁繩弄斷了。董卓問怎麼回事，李
肅趕緊打圓場。第二天，走著走著忽然狂風大作，昏
霧蔽天。

太師要當天子，棄舊換新，吉兆啊。

有道理！

董卓先回相府，呂布相迎。這個時候外面傳來童謠聲音。董卓趕緊問孩童唱的什麼。

註：「千里草」合起來為「董」，「十日卜」合起來為「卓」。意思是董卓必亡。

第二天，董卓入朝。群臣都穿著朝服，在道邊迎接。董卓老遠看見王允等人拿著寶劍在殿門站立，知道事情不好。

兩旁衝出一百多個武士，拿著長槍便刺。董卓身穿鎧甲，刺不透。武士刺中董卓胳膊，董卓從車上滾下來。

呂布一戟刺穿董卓咽喉。李肅補刀,董卓當場斃命。

見董卓死去,王允和呂布等人互相慶賀。

王允命呂布等人到郿塢抄了董卓的家產，呂布也帶走了貂蟬。

三戰虎牢徒費力，
凱歌卻奏鳳儀亭。

呂將軍，我終於等到你了！

古代的四大美女都是誰?

我是溫柔型。 我是知性型。 我是可愛型。 我是性感型。

中國古代向來愛評「四大」。比如四大名著,四大發明等等。美女和帥哥,一直是都是民間津津樂道的話題,因此民間一直流傳著「四大美女」的說法。

四大美女的第一位就是春秋戰國時期的西施,據說西施本是吳越一帶的民女,范蠡2為了幫助越王勾踐滅吳,將西施獻給了吳國夫差。吳王寵愛西施,導致國政荒廢,勾踐趁機滅吳復國。事成之後,西施與范蠡泛舟五湖,隱居山野。

第二位是西漢時期的王昭君。當時西漢與匈奴連年交戰,導致邊境民不聊生。王昭君本皇宮裡的宮女,聞聽匈奴單4于前來漢朝求和索婚,於是上書表示願意遠嫁匈奴,換取和平。昭君出塞成為「流傳千古」的名典。第三位是東漢末年的貂蟬。權臣董卓把持朝政,欺君罔上,濫殺無辜,更有義子呂布保護自己。司徒王允為民除害,用貂蟬離間董卓和呂布關係,導致他們父子反目,最終在貂蟬的挑唆之下,呂布刺殺董卓,大快人心。第四位是唐朝的楊玉環。楊貴妃豔絕一時,恩寵六宮,被唐玄宗李隆基封為貴妃,但李隆基也因沉迷美色,荒廢了朝政,導致「安史之亂」爆發。亂軍攻陷長安時,李隆基逃亡蜀中,當行軍到馬嵬坡時,軍隊發生嘩變。李隆基無奈之下,賜楊貴妃自殺。唐代詩人白居易有一首〈長恨歌〉記錄了李楊兩人的愛情故事,被奉為千古絕唱。縱觀四大美女,她們以自身的美色,或是忍辱復國,或是換取和平,或是刺殺奸臣,或是影響歷史,其中展現出的勇氣與智慧,經驗與警示,值得我們讚揚與反思。

歷史上究竟有沒有貂蟬這個人

　　前面介紹了四大美女，但貂蟬與西施、王昭君、楊貴妃三人比，顯得非常特殊，因為其他三人都是正史所記載的人物，唯獨貂蟬屬於半虛構人物。

　　小說《三國演義》對「連環計」的描寫，洋洋灑灑，繪聲繪色，但我們翻閱史料，會發現正史對這一事件的記載，只有一句話：「布與卓侍婢私通，恐事發覺，心不自安。」就是說，呂布與董卓身邊的一位婢女私會，恐怕被董卓知道，於是內心覺得不安。歷史上這位婢女便是小說《三國演義》中貂蟬的原因。

我的事蹟是後人虛構的，但美麗卻是真實的。

　　歷史上沒有記載這位婢女的姓名，那「貂蟬」這個名字就是怎麼來的呢？「貂蟬」一詞最早的意思，是漢代官員們戴的一種帽子，造型華美。可能民間覺得，將這位婢女起名為「貂蟬」，既能展現她的美麗，就有增加她的政治屬性，於是就在文藝作品中，將她取名貂蟬。

又刀又蟬，美麗不凡。

三十六計

《三十六計》是中國古代三十六個兵法策略，根據中國古代的兵法經驗總結而成，每條計策都會配上一段和計謀有關的典故，讓讀者能夠更加形象的理解。《三十六計》大約在明清時期成書，全書分為六套計謀，分別是勝戰計、敵戰計、攻戰計、混戰計、並戰計、敗戰計，本篇故事的「連環計」就是《三十六計》第六套敗戰計中的故事。

> 熟讀兵法三十六，人人都能當軍師。

《三十六計》原書對「連環計」的解釋是「一計累敵，一計攻敵，兩計扣用。」就是一計加一計，不同的計謀連環使用，達到讓敵人防不勝防的效果。

三十六計　一計累敵　一計攻敵　兩計扣用　連環計

小說《三國演義》中司徒王允巧獻連環計，就是先將貂蟬獻給呂布，再獻給董卓，然後兩計並使，起到分化呂布董卓關係的作用，最後讓呂布刺殺董卓，步驟步步為營，計謀環環相扣，堪稱「連環計」運營的典範。

讓我翻翻書，看看用哪條計謀，搞垮董卓。

　　在此總結一首《三十六計歌》，方便大家熟練記憶三十六計的內容：美人生有笑刀藏，混水抽薪偷換梁。瞞天殺人裝假癡，拋磚驚蛇罵指桑。調虎借屍走為上，近攻反客先擒王。圍魏聲東唱空城，上屋開花代桃僵。隔岸關門逸待勞，伐虢趁火順牽羊。反間苦肉順連環，欲擒金蟬度陳倉。

三國成語詩詞

胡笳十八拍
（節選）

我生之初尚無為，我生之後漢祚衰。
天不仁兮降亂離，地不仁兮使我逢此時。

貂蟬是三國時期美女的代表，下面再介紹一位三國時期才女的代表，他就是蔡琰即蔡文姬。說起蔡琰，她與董卓之亂，也有很大的關係。

蔡琰的父親是東漢時期的文學家蔡邕，董卓聞聽蔡邕的才氣，數次徵召蔡邕做官。董卓這個人非常跋扈，唯獨對蔡邕非常敬重。董卓死後，蔡邕感激董卓的知遇之恩，面露悲傷之色，被王允下獄。最終蔡邕死在獄中，被眾人惋惜。

殺了他。

還好一個女兒可以繼承我的才華。

蔡邕死後，國家動亂，他的女兒蔡琰流落江湖，被匈奴左賢王擄走。

蔡琰在北方大漠生活了有十二年之久，雖然左賢王很寵愛蔡琰，但蔡琰無時無刻不在思念中原，希望有朝一日早日返回故鄉。曹操統一北方後，出於對故人蔡邕的懷念，花重金將蔡琰贖回，這便是著名的「文姬歸漢」。

蔡琰在返回中原的途中，百感交集，寫下這首〈胡笳十八拍〉。全詩借胡地的音樂的節奏，譜寫成琴曲。其中即有對自身身世的感嘆，還有對故鄉的思念。既有對戰爭的鞭策，又有對和平的嚮往。〈胡笳十八拍〉的琴曲歌辭，被中國古代十大名曲之一，傳誦至今。

彈一首曲子，寄託我對故鄉的思念。

182　萌漫大話三國演義 1

第 6 章

陶謙三讓徐州

❧ 曹父遇難 ❧

在東漢末年，當皇帝不是一個好工作。宦官、外戚和諸侯作亂，皇帝的日子過得挺艱難。不管是梁冀還是何進，再到十常侍和董卓等人，都在脅迫皇帝做事，這些人因為太操心，最後忙活得一個也沒落好下場。漢獻帝是東漢最後一個皇帝了，當初因為董卓看著順眼，被董卓扶上皇位。董卓中連環計被殺後，王允和呂布卻沒有遠見安定朝堂。呂布投奔他人去了。王允處事不當，被董卓部下李傕和郭汜殺死。

梁冀

我覺得這事兒應該這麼辦！

漢獻帝

這麼當皇帝也有好處，大事小情都有人做主，不用我操心。

不對，應該這樣！

何進

王允

都別吵！聽我的！

漢獻帝倒是沒有感覺有什麼不同，反正誰來輔佐都差
不多，時間長了都習慣了。

這李傕和郭汜戰敗西涼兵，開始輔佐漢獻帝辦公。青
州黃巾軍又開始作亂，聚眾數十萬，叫朝廷很是頭
疼。

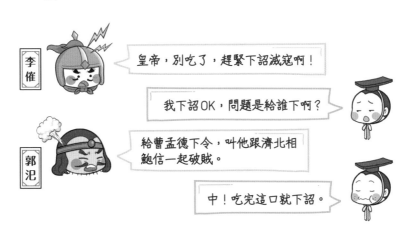

李傕：皇帝，別吃了，趕緊下詔滅寇啊！

我下詔OK，問題是給誰下啊？

郭汜：給曹孟德下令，叫他跟濟北相鮑信一起破賊。

中！吃完這口就下詔。

曹操接到聖旨，會同鮑信，一同興兵。不過百餘日，曹操打敗黃巾軍，招安降兵三十餘萬。自己的隊伍迅速壯大起來，組建的「青州兵」更是精銳之師。曹操從此威名遠揚，捷報傳到長安，朝廷封曹操為鎮東將軍。

皇帝，你得加封曹操，不然人家不給你幹活啊。

這一天就知道吃，不務正業啊！

李催

郭汜

我倒是想務正業，我務得了嗎？

曹操在兗ᵗ州開始招賢納士，聚攏了無數英雄豪傑。部下文有謀臣，武有猛將，一時威震山東。

兄弟們！以後就跟著我幹吧！

支持曹將軍！

榜

招賢納士

日子過得好了，曹操想起還在琅琊隱居避難的老父親來。曹操趕緊寫了一封書信，叫父親曹嵩到兗州來享福。曹嵩接到兒子的書信，非常高興，連夜跟著曹操的弟弟曹德及一家老少四十多人，奔兗州而來。

父，見字速來……

阿瞞

曹嵩一行人路過徐州。徐州太守陶謙，字恭祖，一聽是曹操的父親來了，趕緊迎進門來，大擺宴席，以最高禮儀招待。陶謙一直想結交曹操呢，這可是大好的機會。

……

曹德

都吃好喝好，玩夠了好上路……

人是好人，但是話怎麼聽起來這麼彆扭呢。

陶謙盛情款待兩天，雞鴨魚肉，山珍海味應有盡有。多到曹嵩都吃不下了，陶謙親自送出城門。怕路上不安全，他還派了都尉張闓率領五百精兵護送。

那時候正是夏末秋初時節，走著走著天突然下起了大雨。曹嵩趕緊和家人到一處廟宇住下避雨。軍士們衣服都濕透了，抱怨起來。都尉張闓把手下幾個頭目召集起來開個小會。

這天夜裡還在下雨。都尉張闓帶領兵士把曹嵩一家四十餘口全部殺掉，劫掠財物以後逃往淮南去了。

曹操奸雄世所誇，
曾將呂氏殺全家。
如今闔戶遭人殺，
天理迴圈報不差。

有僥倖逃過一劫的士兵，看賊寇走了，趕緊飛速稟報曹操。曹操一聽，當場哭暈過去了。

報告將軍！
曹家老小全
被殺了！

哎呀，陶謙，殺父
之仇不共戴天！

將軍！
身體要緊！

等曹操醒來，發瘋一樣下令，要攻陷徐州，全城人一個不留，全都要殺掉給父親和親人報仇。曹操兵將殺氣騰騰，直奔徐州。

陶謙，殺父之仇不共戴天！

此時，陶謙得到報告後悔不迭。

本來是想溜鬚拍馬，誰想到拍到了蹄子上。

大人速想對策，曹軍所到之處，別說人了，就是墳都要給挖開！

陶謙平素人緣不錯，他有個好友陳宮，就是當初放了
曹操的人。後來發現曹操無端殺害了呂伯屠一家，覺
得曹操人品不好便離開了。此時陳宮看到這種情況，
決定去找曹操，希望曹操能賣他個面子。曹操礙於當
初捉放曹的情分，還是接待了陳宮。

陳宮見勸阻不住，只好辭出。曹操大軍繼續殺戮人
民，挖掘墳墓。陶謙在徐州無計可施。

曹操大軍兵臨城下，陶謙只好引兵出迎。遠遠望見曹軍豎起白旗，上寫「報仇雪恨」四個大字。曹操縱馬出陣，渾身穿孝，對著陶謙揚鞭大罵。

陶謙極力解釋，曹操根本不聽。雙方戰在一起，忽然狂風大作，飛沙走石，兩軍都亂了，各自收兵。

🌀 求援孔融 🌀

陶謙收兵回來特別傷心，他覺得給百姓造成如此劫難，都是自己的責任。他跟手下說，要去見曹操，隨他處置。這時候帳下站出一人，叫糜竺，他說有一計。

我願意去北海求孔融幫忙，您再派一人去青州田楷處求救。如果他們都來，那曹操可退。

只要曹操能退兵，剩下的全依你！

糜竺

嗚嗚嗚⋯⋯⋯⋯

對，糜竺要去找的救兵孔融，就是我們熟悉的那個從小就知道讓梨的孔融。孔融是孔子的第二十世孫，泰山都尉孔宙之子。孔融除了讓梨之外，也是一個很有本事的人。他不但能詩善文，還敢於直言進諫。被董卓排擠到北海以後，他深得民眾擁護。十七路諸侯伐董卓的時候，孔融也是有出兵的。

孔融

孔

我就是小時候能讓梨，長大了能帶兵的孔融！

糜竺見到孔融以後，趕緊說了曹操要滅陶謙的事，叫
孔融趕緊出兵相救。孔融剛開始準備，黃巾軍賊黨管
亥㊟正帶領人馬來攻打北海。

孔融帶領本部人馬，出城迎戰。
那賊人管亥口出狂言，要北海給糧食，不然就殺進城
來。孔融副將宗寶出戰，被管亥砍死。孔融大敗，趕
緊奔入城中躲避。

孔融和糜竺在城樓上正發愁，見城外一人挺槍躍馬殺入賊陣。這小將名叫太史慈，武藝了得，一桿槍殺得敵軍潰敗。

太史慈進城拜見孔融。原來孔融平時很注重關心老年人生活，常慰問太史慈的老母親。知道孔融遇到困難，老母親就派太史慈來助孔融一臂之力。

糜竺和孔融兩個人一商量，派太史慈殺出血路去向劉備求助。劉備見到孔融寫的求救書信，馬上跟隨太史慈去解困。

管亥看劉備帶領的人馬不多，根本沒當回事，把手下部將的提醒也當成了耳旁風。管亥挑戰，關羽衝了出去。兩個人打了數十個回合，管亥被關羽斬於馬下。

❀ 劉備解圍 ❀

劉備和孔融聯手打敗了黃巾軍。孔融很高興，邀請劉備一起去解救陶謙。劉備挺講義氣，趕緊去找公孫瓚借了兵馬，又借了常山猛將趙雲趙子龍一同前往。

衝！

劉

衝！

劉備引兵為徐州解了圍。劉備入城，陶謙一見劉備氣宇軒昂，一表人才，心中大喜。他覺得劉備是可以託付徐州之人。陶謙再三相讓，劉備就是不肯。糜竺一看，趕緊勸大家先別為這件事糾結，眼下擊退曹兵為首要之務。

玄德乃漢室宗親，一定要力扶社稷，

使不得！劉備為大義而來，不是為了巧取豪奪啊。

陶老頭，你真是看錯了我大哥！

老夫年邁無能，願意把徐州相讓。

大哥不是那樣的人啊！

我還是先寫封信給曹操吧！

曹操聽說劉備寫信來調解戰爭，勃然大怒，根本不想給劉備面子。謀士郭嘉卻勸曹操要好言回答劉備。這個時候，飛馬來報，呂布打下兗州，正在進攻濮陽。

報，呂布進攻濮陽！

呂布真不是個東西，背後下手啊！

郭嘉

主公，順水送劉備一個人情吧。

曹操一聽，也罷，給劉備一個面子，寫封信退兵了。

罷了罷了，拿去給劉備！

喏！

來使回徐州，帶著曹操的書信。陶謙看了書信以後非常高興。人家劉玄德一發話，曹操就退兵走了。徐州百姓免於一死，這都是劉備的功勞啊。

劉皇叔德廣才高，還是您有面子啊。徐州您還得操心啊，交給您吧。

其實我也是說說看，沒想到真的成了！

還是大哥有實力！陳宮還說情去了呢，曹操都沒給他面子。

三弟說得對！

劉備見陶謙再次要把徐州交給自己，堅決不要。陶謙一片誠心，見劉備不收，急得直哭。連關羽和張飛都來勸說，劉備還是拒絕。

我意已決，不能陷我於不仁不義！

是人家送上門來的！

大哥太固執！陶老頭急得血壓都飆高了！

嗚嗚嗚……

後來，劉備帶著關羽和張飛到小沛駐軍歇腳。曹操趕回濮陽跟呂布開戰。雖然呂布有勇無謀，但是他現在跟陳宮在一起。陳宮是瞭解曹操為人的，所以他能夠摸透曹操的心思，給呂布出了好多主意。

曹操的為人行事我還是瞭解的。

陳宮

就按你說的辦！

按照陳宮的計謀，呂布叫城中田氏給曹操寫了封密信，就說呂布殘暴不仁，民心大怨。田氏可以做內應。曹操一看信件非常高興，決定去偷襲。

今晚我們就去打他個措手不及！

嘿嘿嘿！

曹操帶兵來到濮陽城下，按照約定眞看到暗號。曹操
大喜，帶人就衝了進去。

李典　主公不可貿然行事！

打仗就得起到先鋒模範帶頭作用。

典韋　主公超讚！

曹操拍馬而入，直奔州衙。
路上靜悄悄地不見一個人，
曹操心裡覺得有點奇怪。

安靜......

怎麼回事？這裡
的黎明靜悄悄！

怎麼沒人接
應我們？

曹

曹操越走越疑惑。這時候只聽一聲炮響，喊殺陣陣。
曹操心想完了，趕緊命令退兵，可是爲時已晚，呂布
的軍隊掩殺過來。曹操的兵馬在明處，呂布埋伏的兵
將在暗處。這一仗曹操損失很大。

典韋和夏侯淵等人拼命想保護曹操突圍，最終還是失
散了。

曹操見典韋等大將殺了出去，自己卻是把命豁出去也突不了圍。火光裡曹操看見呂布挺著方天畫戟所向披靡，心想這下徹底完了。

那呂布已殺到跟前，曹操靈機一動，偽裝一下，把頭低下不敢看呂布。那呂布也是殺紅了眼，竟然真沒認出他是誰。呂布拿兵器往曹操頭盔上一磕。

曹操被砸得腦袋嗡嗡作響，但沒被認出來還是挺高興，趕緊指著反方向說前面騎黃馬的那個人就是，呂布一聽，打馬追趕下去。曹操嚇得出了一腦門汗。

啊，前面騎黃馬的就是他！

媽呀，幸虧我機智過人啊。

啊？

曹操被殺得丟盔卸甲，在返回的典韋和夏侯淵等人保護下才逃出來。曹操假裝身死，迷惑呂布。呂布果然上當，引兵來犯，被曹操好好修理了一頓，但是雙方也各有死傷，加上那年蝗災，兩邊就各自罷兵了。

還沒完！

算平手！

呂

陶謙三讓徐州

這一年陶謙六十三歲，染上了重病。糜竺等人趕緊請劉備來見。見劉備進來，陶謙第三次提出了徐州的歸屬問題，劉備還是不同意。

玄德，你接受吧，不然老夫死不瞑目啊！

恕我不能收啊！

二哥你說，大哥是不是有點過分了？

噓——

我耍權，不表態了。

陶謙苦苦哀求，糜竺等人也都來勸說，劉備就是不同意，最後陶謙手指心窩而死。

陶謙病逝，徐州百姓聚集到府前，一起給劉備哭拜。劉備在強大的壓力之下，勉強接過牌印。不過劉備聲明了，這徐州的事情他只是暫時管著，有合適的人選他馬上讓賢。

你看，早點答應，陶老也不用那麼遺憾了。

我心落地了，不然老這麼懸著……

是，懸著的滋味怪不好受的。

嗚嗚嗚⋯⋯⋯⋯

劉備把小沛的兵馬進駐徐州，出榜安民，百姓們歡欣鼓舞。劉備與大小軍士，都給陶謙戴孝。

曹操得知陶謙死了，劉備接手了徐州，氣壞了，發誓一定要殺了劉備，再把陶謙的屍體挖出來讓他死兩回。

歷史上的劉備關羽張飛都長什麼樣子？

● 劉備-長臂大耳

在《三國演義》中，記載劉備的相貌是長臂大耳。小朋友可能會問了，這不就是動物園的猩猩嗎？沒錯，現實中的人是不可能長這樣的。但在古代面相學的概念裡，認為「長臂大耳」是一種帝王之相，凡是長這種樣子的，都是大富大貴之人。小說中為了突出劉備的天生不凡，所以就這樣描繪他的相貌。

手臂長不一定是猩猩，也可能是皇帝。

● 關羽-紅臉長鬚

提起關羽，大家首先想到的就是一張大紅臉。關羽是高血壓還是喝醉酒了呢？其實都不是。真實的關羽並不是紅臉，他之所以在文藝作品中變成紅臉，是因為在中國傳統的戲曲臉譜中，紅色代表著忠義。關羽在歷史上就以「義薄雲天」而受到推崇，民間為了突出關羽忠義的品格，就讓他長了一張大紅臉。

● 張飛-黑臉大漢

　　劉備身邊這兩位兄弟，都不一般，關羽是紅臉，張飛是黑臉。難道張飛是從非洲移民過來的嗎？其實張飛之所以臉黑，原因和關羽是一樣的，也是來源於戲曲臉譜。在我國傳統的戲曲臉譜中，黑色代表剛毅勇猛、大公無私。同理，包公的那張黑臉也是這麼來的。如今，紅臉關公，黑臉張飛已經成了藝術作品中的經典形象，深受大家喜愛。

摸金校尉

文
化
小
辭
典

近幾年受網路盜墓小說的影響，「摸金」一詞成了流行詞語。在小說《盜墓筆記》中，「摸金派」甚至成了著名的盜墓流派之一。但「摸金」這次詞語並不是現代人發明的，而是有史可依，還與曹操的事蹟有關。

當年曹操屯兵中原，連年征戰，錢糧匱乏。為了補充軍餉，曹操設立官方盜墓兵團，建立發丘中郎將、摸金校尉等職位，專門負責盜墓取財，貼補軍餉。漢末名士陳琳所作的《為袁紹檄豫州》中就描述到：「曹操又特置發丘中郎將、摸金校尉，所遇隳突，無骸不露。」這便是曹操盜墓的真實史料。

摸金校尉盜過最大的墓，就是西漢梁孝王劉武的墓葬。梁孝王劉武是漢景帝的弟弟，深受母親竇太后寵愛。在七國之亂

沒錢不用愁，
墓中金銀多。

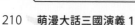

時，劉武率兵抵禦吳楚聯叛軍，拱衛國都長安，建立了大功。等梁孝王劉武去世後，他的墓葬非常奢華。正是因為梁王墓埋藏了無數金銀珠寶，這才被曹操的盜墓兵團給盯上了。

　　摸金校尉盜挖梁孝王墓，大約就是在曹操征伐徐州時期。自從盜完梁孝王的墓後，曹操迅速補充了軍餉，為日後武力擴張打下了基礎。曹操因為還被稱為「盜墓祖師爺」。

三百六十行，行行出狀元，我就是盜墓行的大佬。

　　在此聲明一句，雖然近幾年關於盜墓的文藝作品很紅，但盜墓從古至今都是一件即觸犯法律又違背道德的事情，小朋友們千萬不要效仿。曹操去世時，專門下令薄葬，可能正是因為他本人生前盜了很多墓，知道墓中埋藏太多寶物會引來盜墓賊，因此才這麼做的吧。

盜墓違法，不要效仿。

水龍吟·登建康賞心亭

楚天千里清秋，水隨天去秋無際。遙岑遠目，獻愁供恨，玉簪螺髻。落日樓頭，斷鴻聲裡，江南遊子。把吳鉤看了，欄杆拍遍，無人會，登臨意。

休說鱸魚堪膾，盡西風，季鷹歸？求田問舍，怕應羞見，劉郎才氣。可惜流年，憂愁風雨，樹猶如此！倩何人喚取，紅巾翠袖，搵英雄淚。

這首詞的作者，是南宋大詞人辛棄疾。辛棄疾主張北伐抗金，希望收復被金朝佔領的中原失地，奈何南宋小朝廷一心求和，對辛棄疾的北伐戰略置之不理。這一天，辛棄疾登上建康的賞心亭，眺望祖國的大好河山，感嘆自己功業未建，壯志難籌，於是寫下了這一首盪氣迴腸的《水龍吟》。

辛棄疾寫詞有個特點，就是喜歡用典，基本上每一句詞，都有一個歷史典故。這首詞下闋的第二句：「求田問舍，怕應羞見，劉郎才氣。」所用的就是三國時期，一個和劉備有關的典故。

哎，何時才能收復失地呀。

劉備在荊州寄居的時候，遇到了大名士許汜。許汜知道劉備認識陳登，便說自己當年在徐州投奔陳登時，陳登居然讓自己睡小床，而陳登本人卻睡到一張大床。許汜因此事感到憤憤不平，於是在劉備面前發牢騷。

劉備聽完許汜的話，非但沒有安慰他，反而還責怪許汜說：「天下大亂，你忘懷國事，求田問舍，陳登當然瞧不起你。如果我，我將睡在百尺高樓，叫你睡在地下，豈止相差上下床呢？」這一席話將劉玄德英雄氣概，展現得淋漓盡致。後人也用「求田問舍」這個成語，來指那些只知道置產業，謀求個人私利，比喻沒有遠大志向的人。

做人當學劉玄德，仁義無雙兄弟多。

辛棄疾引用劉備怒斥許汜「求田問舍」的典故，來激勵廣大有志之士，不要在乎眼前的蠅頭小利，多多為國家大事盡心。整首詞的基調激昂慷慨，是辛棄疾豪放風格的代表之作。

不要總想著買地買房，要多多為國效力。

第 7 章

挾天子以令諸侯

🌸曹操奪濮陽🌸

曹操聽說陶謙把徐州拱手相讓給了劉備，很是生氣。
自己的爹被殺了，大仇未報，劉備卻撿了便宜。曹操
哪受得了這口窩囊氣，準備興兵打徐州。手下謀士趕
緊勸說。

> 汝南和潁川那有
> 糧食，那裡都是黃
> 巾軍比較好打。

> 就是啊，現在
> 蝗災嚴重……

> 咱們得挑軟
> 柿子捏！

荀彧

曹操挺聽勸，暫時不管徐州那邊，引兵去汝南和潁川
攻打黃巾軍。黃巾軍人數雖然不少，但都沒有經過嚴
格的軍事訓練。

> 他們連立正稍
> 息都不會！

> 我們都是實戰
> 型的，拿拳頭
> 揍死你！

曹軍跟黃巾軍一交手，黃巾軍是四散潰逃，不堪一擊。曹操大軍勢如破竹，連連告捷。曹操這次出征，不但大獲全勝，還解決了糧食問題。

曹操的力量更加強大起來，他得勝而歸。聽說鎮守兗州的軍隊空虛，曹操馬上率領軍隊攻打。兗州城守軍不堪一擊，曹操很快就把兗州佔領了。

得到兗州以後，曹操指揮部下開始攻打呂布把守的濮陽。

濮陽城內，呂布聽說曹操在城外叫罵，提著兵器就要出戰。陳宮馬上阻攔，勸說他不要輕舉妄動。驕橫慣了的呂布根本聽不進去。

呂布出戰，曹操知道一個大將根本戰勝不了呂布。於是，就叫手下大將許褚、典韋、夏侯惇、李典、樂進、夏侯淵六員大將一起出戰。呂布一看，曹操比劉備還過分，劉備當初三英戰呂布只有三個人，曹操卻派了六個，擺明要無賴。

呂布一看，認爲好漢不吃眼前虧，跑了。呂布敗走，
曹操率軍掩殺。陳宮等人護送著呂布的家眷開東門而
逃。曹操一舉拿下了濮陽。

呂布被曹操趕跑，心裡不服氣。召集潰逃的衆將，打
算繼續找曹操拚命。陳宮勸阻，現在最主要的任務是
找一個安身之地，不然打完仗都沒地方吃飯。

不能意氣用事，
咱們得提防袁
紹和曹操聯手。

曹操這個滑頭，
太可惡！

呂布投劉備

袁紹在冀州，聽說呂布和曹操開戰。謀士出主意，不
但不幫呂布，袁紹還派大將顏良帶著五萬精兵來幫助
曹操。陳宮一聽趕緊勸呂布去劉備的徐州躲避一時。

呂布帶著殘兵敗將往徐州投奔劉備。劉備一聽是呂布
來，趕緊要出去迎接。糜竺勸說不可以放呂布進來，
還說呂布是豺狼。劉備不同意糜竺的看法。

呂布是個
白眼狼！

他把丁原和董卓
倆乾爹都給宰了！
宰爹專業戶！

那就是黑眼狼！

話不能
這麼說！

劉備率領眾人出城三十里去迎接呂布。劉備和呂布一起打馬進城，那是非常客氣。

劉備熱情款待，呂布挺高興的。

聽劉備要把徐州讓給自己，呂布挺高興。劉備立刻把徐州的印牌拿了出來，呂布伸手剛要接，突然覺得不對勁，轉頭就看到關羽、張飛的怒色。

呂布明白了陳宮的暗示，又看到關羽張飛的臉色，只好尷尬地縮回手。

劉備再讓，呂布又動了心思。陳宮一看，趕緊上前打圓場。

第二天，呂布回請劉備。關羽和張飛一直在身後跟著。呂布在席間稱劉備賢弟，這下可惹惱了張飛。

張飛被關羽這麼一提醒，果然把桌子掀翻了。

223

劉備趕緊勸阻，無奈張飛性子暴烈，對呂布那是破口
大罵，弄得呂布臉色紅一陣白一陣。這一晚上也沒睡
好，第二天一大早就去找劉備辭別。

呂布謝過劉備，引兵去小沛安身去了。劉備這邊埋怨
張飛魯莽。

獻帝落難

曹操消滅黃巾軍有功，漢獻帝再封曹操為建德將軍、
費亭侯。太尉楊彪給漢獻帝出主意。

> 皇上，我有妙計叫李傕
> 和郭汜互相殘殺。他們
> 倆一交手，咱們請曹操
> 來鎮壓可好？

楊彪

> 好，好，這倆逆賊
> 欺負人，一直騎在
> 朕頭上拉屎！

漢獻帝等著楊彪出妙計，誰都沒有料到楊彪這妙計很
特別，利用了郭汜妻子的妒忌。楊彪夫人找到郭汜夫
人，開始搬弄是非。

> 你去跟郭汜他
> 老婆說……

> 你們家老郭跟李
> 傕老婆，我感覺
> 不對勁呢……

> 怪不得老郭在外
> 面起早貪黑的不
> 願意回家呢！

郭妻

> 哼！原來
> 是她！

郭汜夫人開始懷疑郭汜。就開始暗中使壞，不讓兩家走得太近。郭汜要去李傕府上做客，郭汜夫人就叫他小心，一山難容二虎，說不定會下毒毒死你呢。郭汜當然不信。到了晚間，李傕派人送酒席。郭汜夫人就暗中把毒藥放到酒裡。

自打毒死了大黃，郭汜心裡可就起疑了。李傕那邊一點都不知道，照樣請郭汜吃飯喝酒。這天下朝以後，李傕把郭汜又拉回府上喝了一頓。回到家以後，郭汜就開始肚子疼。

郭汜夫人叫人給郭汜灌了一大碗糞湯，郭汜一頓大吐，這才好了過來。郭汜越想越生氣，起兵打李傕，李傕得到消息，非常生氣。尋思這郭汜真是吃錯藥了想造反。於是李傕也率領人馬跟郭汜開戰了。

漢獻帝沒高興多大一會兒，就開始擔憂了。李傕和郭汜要是真刀真槍開戰，長安城百姓可就遭殃了。

李傕和郭汜動用了數萬精兵。李傕更是過分，他帶兵殺進皇宮。不知道腦袋裡是咋想的，他推著漢獻帝跑了。一直把漢獻帝帶到了郿塢藏了起來。

漢獻帝到了郿塢，這日子過得啊，吃了上頓沒下頓，大臣們餓得各個面黃肌瘦。漢獻帝向李傕申請想改善伙食。起碼每天給一頓飯吧，沒肉也可以啊。

楊彪，你真了不起，出的妙計把我的伙食水準給降下來了。

我也沒有想到會這樣啊⋯⋯不過計策還是挺成功的。

來人，把爛肉和陳芝麻爛穀子給送點來，湊合著吃吧。

我這命啊⋯⋯

就別挑剔伙食了，現在這兩人都瘋了。

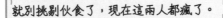

李傕控制了漢獻帝，郭汜帶領兵馬趕來。兩個人話不投機，當下決定，就在這開始決戰，誰贏了誰把漢獻帝帶走。

兩邊這麼一打，漢獻帝那邊坐不住了，叫楊彪趕緊去勸和。楊彪帶著六十多個大臣去跟兩個人求情。結果，這六十多人到那就被郭汜給抓起來關了。

從這以後，一個扣押皇上，一個扣押大臣，這兩個奇葩一連五十多天廝殺不斷。皇上和大臣們只能忍氣吞聲被關著。

郭汜後來覺得這六十個大臣白吃白喝浪費糧食，便把他們都放了。李傕帶著漢獻帝移駕弘農，漢獻帝一行人正走著，郭汜率兵追趕上來。李傕命令隊伍加快步伐。誰料到山後一聲鼓響，大將楊奉殺了出來。

❧ 曹操救駕 ❧

楊奉手下大將徐晃武藝出眾，把李傕人馬打得落荒而逃，救下漢獻帝。漢獻帝激動得熱淚盈眶。

話說李傕打了敗仗，遇到了郭汜。這兩人已經打了好久了，叫人跌破眼鏡的是兩人竟然又和好了。

李傕和郭汜聯手，人多勢眾，把楊奉等人打得大敗而逃。到了黃河岸邊，大臣李樂等叫漢獻帝下車乘船渡黃河。漢獻帝趕緊上了船，費了九牛二虎之力才渡過了河。皇上身邊就剩下十多個人了，找輛牛車往前趕路。

我暈船啊！

現在暈船，一會兒追兵到了，您就得暈菜！

皇上，這回是不是不暈了？

愛卿不是說叫我吃香的喝辣的嗎？現在肚子咕咕直叫。

咕咕咕—

夜晚，一行人在路邊廢棄的茅屋裡休息。漢獻帝跟士兵吃一樣的飯食，不習慣，感覺無法下嚥。

能不能來點珍珠翡翠白玉湯？

沒有，能活著就不錯了。

此時手下的大臣在討論接下來該怎麼辦，董承、楊奉商議回洛陽。李樂卻覺得待這挺好，於是打算聯合李傕郭汜把皇帝劫走。徐晃出戰，殺了李樂，讓李樂再也樂不了。就這樣，在徐晃等人的保護下，漢獻帝帶著一幫人到了洛陽城，卻只看到被董卓放火燒光的宮殿，一群大臣就在荊棘叢中面見皇帝。

楊彪一直跟著漢獻帝，這時候他又想起山東那邊的曹操來了，極力推薦。曹操在山東過的日子不錯，但是耳朵可沒閒著，一直聽著朝廷動靜。一聽漢獻帝下詔，一直關注局勢的曹操大喜。洛陽城破爛不堪，李傕和郭汜這兩夥大軍追趕過來。楊奉想與之決戰，可是手上沒人。漢獻帝等人只能往曹操的方向逃跑了。

這好幾百文武百官也沒有車馬，都是徒步暴走啊。剛出洛陽不遠，曹操的先頭部隊來了。

後來，曹操引大軍來了，迎接漢獻帝。曹操大軍那都是特別驍勇善戰的，李傕和郭汜剛來就打敗了。漢獻帝返回洛陽。之後，曹操帶著大軍徹底把李傕和郭汜打跑了。

曹操手下謀士眾多。有人給他出主意，說這個機會很好，一定把漢獻帝給弄到自己的大本營許都去。

曹操第二天跟漢獻帝一說，漢獻帝不敢不從。漢獻帝真是可憐啊，跟著曹操沒走多遠，就被楊奉率軍給攔住了。楊奉手下大將徐晃有萬夫不當之勇。

曹操相中了徐晃，很快派人去策反了徐晃。徐晃想想，跟著楊奉的確也沒啥出息，於是便偷偷投奔曹操了。這麼一來，楊奉等人根本阻擋不住曹操。眼巴巴地看著曹操迎鑾駕到了許都，建了宮室殿宇，立宗廟社稷等等。

曹操自封了官爵，分別加封了其他文武百官，還假惺惺的慰問漢獻帝，問他過得如何。這日楊彪終於來看望漢獻帝。

自此，曹操大權在握，朝廷大事，要先稟告曹操，然後才能奏請天子。挾天子以令諸侯，數曹操做得最爲成功。

「挾天子」還是「奉天子」?

　　提起「挾天子以令諸侯」這個成語，人們的第一反應，就會想到飛揚跋扈的曹操。但這個策略最早提出者，並不是曹操，而是曹操的死對手——袁紹。

　　這句話，翻譯過來就是將漢獻帝挾持到自己手中，以皇帝的名義發號施令，征伐諸侯，天下誰還能夠抵擋呢？這是袁紹的謀士沮授向袁紹獻的計策，後演變為「挾天子以令諸侯」。

> 應該盡快把皇帝弄到手，這樣天下人都會聽我的了。

> 救救我！

　　無獨有偶，曹操身邊的謀士毛玠也給曹操提出過類似的建議：「奉天子以令不臣，如此則霸王之業可成也。」值得注意的是，沮授說的是「挾天子而令諸侯」，毛玠說的是「奉天子以令不臣」。其實兩句話是一個意思，只不過一個直接，一個委婉。「奉天子」還保留了一份對皇帝的尊敬，「挾天子」就是赤裸裸的威脅了。其實日後曹操勢力強大了，他走的正是「挾天子而令諸侯」的路線，在民間該詞語也成了曹操的專屬成語。

> 別爭了，都是一個意思。

> 奉天子！

> 挾天子！

許昌的名字是怎麼來的？

　　許昌位在現今河南省，但東漢末年，他的名字還不叫許昌，而是叫許縣。建安元年，即 196 年 8 月，曹操迎漢獻帝至許縣，東漢的都城也就遷到了許縣。許縣變成了皇都，於是就改名為許都。

把皇帝弄到自己的地盤，才好控制。

　　當時的許都並不繁華，根據《三國志‧魏志十三》記載：「許昌逼狹，於城南以氈為殿。」就是說，隨便在地上鋪一張毛毯，就成了漢朝皇帝的宮殿了，由此可見許都的條件是多麼差。

知足吧，能活著就不錯了。

我是皇帝，怎麼能住這麼小的宮殿。

　　許都是東漢王朝的末代都城，也是曹操的大本營。曹操在這裡儲備兵馬，招攬人才，最終統一了北方，為日後魏國的建立打下了基礎。等曹操去世後，他的兒子曹丕稱帝，建立魏國。因「漢因許而亡，魏因許而昌」，於是他改「許縣」為「許昌」，這便是許昌名字的來歷，這個名字也一直延續到了今天。

許縣是我大魏國的福地，就改名為許昌吧。

建安七子

　　曹操將漢獻帝迎至許都，開啟了他「挾天子以令諸侯」的霸業之路。196 年，改年號為「建安」，該年號一直用到了 220 年漢朝滅亡，歷時二十五年，是東漢王朝最後一個年號。

　　建安年間，東漢王朝逐漸走向衰亡，曹魏王朝也在逐步崛起。許都不單是當時的政治中心，更是文化中心。圍繞在曹操父子旗下的七位文人，代表著當時文學的最高成就，他們分別是孔融、陳琳、王粲、徐幹、阮瑀、應瑒、劉楨，因為這七位文人主要生活在建安年間，於是後世稱他們為「建安七子」。

建安七子

漢末第一人氣天團，擁有粉絲無數。

這些文人大部分都親身受過漢末離亂之苦，詩文內容主要反映社會動盪，民生疾苦。代表作如王粲的〈七哀詩〉，阮瑀的〈駕出北郭門行〉，陳琳的〈飲馬長城窟行〉等，都是把自身在亂世中的真實經歷，融入都詩歌當中，成為那個年代最真實的記錄。

　　被稱為「七子之冠冕」的王粲，是建安七子中文學成就較大的一位。王粲與曹操的兒子曹丕、曹植的關係都十分要好，據說王粲喜歡聽驢叫，當他去世後，曹丕親率眾文士為其送葬。曹丕說：「王粲平日最愛聽驢叫，讓我們學一次驢叫，為他送行吧！」一聲驢鳴響徹長空，象徵著建安文士們獨特的風骨。

短歌行（選節）

> 對酒當歌，人生幾何。譬如朝露，去日苦多。
> 山不厭高，海不厭深。周公吐哺，天下歸心。

「建安文學」的代表人物，不單單是「七子」。作為當時的一方霸主，曹操在文學方面，也有一番建樹。〈短歌行〉就是曹操詩歌文學的代表作。

論寫詩，我也在行。

老大！

關於這首〈短歌行〉的創作背景，有很多種說法。其中一個說法就是曹操遷都許都之後，想要廣招人才，立志蕩平天下，於是寫了這首詩來抒發志向。

詩歌的開篇以「朝露」為比喻，來感言人生的短暫，並以此來激勵自己，短暫的時光中更應該發奮努力，成就一番事業。

詩歌最後的「周公吐哺，天下歸心」是流傳千古的名句。這裡的周公指的是輔佐周成王安定天下的名臣周公姬旦，據說周公在吃飯的時候，只要聽到有人才來訪，就立即將吃到嘴裡的飯吐出來，連忙出門迎接。後人以「周公吐哺」這成語，來比喻禮賢下士的美德。在這首〈短歌行〉中曹操用「周公吐哺」的典故，來抒發自己內心求賢如渴的感情和統一四海的壯志。

周公

周公是我的偶像，立志向偶像學習。

第 8 章
孫策佔江東

孫策借兵馬

江東孫堅的兒子孫策是一名猛將。當年孫堅跨江擊劉表，戰死沙場。孫策只能退居江東，禮賢下士。可是好景不長，家裡再次發生變故。孫策只好叫弟弟孫權帶著母親移居到曲阿，孫策則投奔了袁術。袁術很喜歡他。

孫策在袁術帳下聽令，在外面征戰屢屢獲勝。凱旋後，袁術不賞，還在酒席間慢待孫策。

孫策回到住處，想起來白天袁術的傲慢，心裡鬱悶。

孫策感慨萬千，不由得放聲大哭。這個時候，從外面進來一人，是父親的老部下朱治。朱治看見孫策哭得傷心，竟然哈哈大笑起來。袁術的謀士呂範也來出謀劃策。

你笑啥？

你哭啥？

我哭我沒有我爹優秀……

我笑你活人還叫尿給憋死不成……

我手上沒有兵馬，想創業沒有家底啊。

咱們跟袁術借啊。主公留下的那顆傳國玉璽正好能做抵押品。

那袁術摳得一毛不拔！而且他要是不肯還我玉璽怎麼辦？

那袁術早有稱帝的野心，一定會答應的。

而且主公當年也是因為這顆玉璽喪命……

對，玉璽不是甚麼好東西！

孫策聽了謀士們的意見，第二天就去找了袁術。他說父仇到現在也不能報，還有舅舅吳景又被揚州刺史劉繇 所逼迫，母親和家小都在曲阿，早晚都得被劉繇害了。於是要向袁術借兵，並且拿出傳國玉璽做抵押。

袁術馬上表示一定要支持孫策，借給孫策精兵三千，馬匹五百。

孫策把玉璽交給袁術，帶著兵馬出征。路上有情同手足的兄弟周瑜周公瑾來投，孫策喜出望外。

孫策要攻打的人叫劉繇，也是漢室宗親，太尉劉寵的侄子，兗州刺史劉岱的弟弟。劉繇聽說孫策兵臨城下，趕緊召集眾將商議對策。

部將張英站出來請戰，願意出馬迎戰。小將太史慈自從解了當初孔融北海之圍，就來投奔劉繇。聽說要領兵打仗，太史慈自告奮勇願意做先鋒。

張英根本瞧不起太史慈，太史慈好沒面子，只好退下。張英出戰，迎擊孫策大軍。

張英和黃蓋戰在一處，兩個人有來有往，難分勝負。
這個時候張英軍中大亂，有人偷襲軍寨，在寨後放
火。張英敗往深山逃去。

張英被殺得大敗而歸，劉繇十分生氣。非要斬了張英，謀士勸說這才作罷。

話說第一仗就贏了，孫策也挺高興。他把軍營駐紮在神亭嶺北。劉繇那邊也把大軍帶到了神亭嶺南安營紮寨。

小霸王酣鬥太史慈

孫策晚上做了一個夢，夢見了光武皇帝召見。醒來以後趕緊問手下，附近哪裡有光武廟。

真的，我夢得真真的……

嶺上有廟可去拜廟。

孫策一聽，就想去嶺上拜廟。張昭勸說不聽，孫策披掛上馬，帶著程普、黃蓋等十三支人馬就直奔了嶺上。

有神人保佑我，怕什麼！

不可，危險！

孫策來到光武廟上，焚香參拜。

如果孫策能於江東立業，復興父親的基業，一定重修廟宇，四時祭祀。

唉，他們父子都愛發誓，要是做不到可咋辦？

是啊，挺愁人！

參拜完畢，孫策又突發奇想。既然嶺下就是劉繇大軍，那就順路看看他們是怎麼駐紮的。幾個大將都不同意，但孫策不聽勸阻，上馬就走。孫策一往劉繇營帳移動，哨兵就知道了。趕緊去大營報信。

哨兵報告給劉繇，劉繇想了半天，覺得就算真的是孫
策，那也一定是計。於是傳令下去，不要管他。

太史慈一聽，卻披掛上陣，要出大營。想多找幾個幫
手，結果招呼半天，只有一名小將願意同行。

卻說孫策溜溜達達在大營外看了半天，剛要回去的時候，太史慈騎馬提槍殺了出來。

孫策十三人橫槍立馬在嶺下看著太史慈殺過來。這可有趣了，明明太史慈那邊可是有數萬大軍，偏偏在這裡一人對陣十三將，但是，太史慈面無懼色。

孫策縱馬提槍，太史慈也不甘示弱，兩個人就開戰了。這一交手，程普和黃蓋等人看呆了，兩個人都是好身手。

太史慈和孫策打了五十多個回合，不分勝負。太史慈見孫策槍法嫻熟，沒有破綻，只能智取。他假裝不敵，撥馬就走，心想就算把孫策給逮住，雙拳難敵四手，還是會被他們同夥給搶去。

兩個人一直追出好遠，到了平川地帶，太史慈停下戰
馬等著孫策。孫策舉槍刺過來，太史慈躲閃，一把夾
住槍，也一槍朝著孫策刺過去，孫策也躲閃開，抓住
了太史慈的槍。兩個人就在馬上開始比力氣。結果兩
匹馬受不了，兩個人都滾下馬來。

兩個人滾落到地上，丟了槍，開始繼續廝打，戰袍也扯碎了，孫策把太史慈背上的短戟給拔了下來。太史慈把孫策的帽子給拽到了手上。

兩個人在地上打成了一團。身後傳來人喊馬嘶的聲音，劉繇在大帳裡終於想明白了，率領千餘人打馬追了來。

太史慈看到劉繇帶著幫手來，心裡挺高興。孫策倒是有點慌了，程普和黃蓋等人殺了過來。

見各自都來了幫手，太史慈討了一匹戰馬。那邊黃蓋也把孫策的戰馬找回來了。這兩個人上了戰馬又廝殺到了一起。

兩邊戰在一起。突然風雨大作，這下只好收兵，不能
再打了。

第二天，兩個人又在戰場上相見了。孫策拿槍挑著太史慈的小戟，命令軍士大喊。太史慈一看，也把孫策的帽子給掛在腰帶上，軍士也大聲歡呼。後來，劉繇收兵。孫策沒有追趕。

當天晚上，劉繇正在睡夢中，就聽見外面喊殺陣陣。原來孫策摸清楚了劉繇這邊安營紮寨的情況，趁著夜色偷襲成功。劉繇大敗，太史慈沒有辦法，只好帶著十數騎兵往涇縣逃去了。

也是這劉繇倒楣，越是害怕孫策，越是冤家路窄。這不，沒幾天劉繇的大軍跟孫策又開戰了。孫策勸降，劉繇陣中有大將于糜，來戰孫策。

結果不出三個回合，于糜就被孫策一把給活捉過去，
孫策把于糜夾在腋下就走。劉繇慌了，趕緊喊人救下
于糜。陣中猛將樊能悄悄追了上去，孫策的兵將都大
喊小心。

孫策回頭，也嚇了一跳，他大喝一聲，聲如巨雷。樊
能嚇得倒翻身掉下馬來，腦袋撞到地上摔死了。

到了營地，孫策把于糜往地下一丟。兵士趕過去一看，于糜早被孫策給夾死了。才一會兒工夫，孫策夾死一個，嚇死一個，聲名大振。從此，大傢伙都開始叫孫策爲「小霸王」。

天啊，這就是小霸王！

趕緊逃命吧！

劉繇一看這仗是沒有辦法打了，只好率領殘兵敗將投奔劉表去了。

收服太史慈

孫策帶兵攻打薛禮，薛禮堅守城池就是不出來。孫策到城下叫罵，薛禮手下的神箭手，趁著孫策接近，伺機偷放冷箭。

神箭手一放箭，正中孫策左腿。孫策大叫一聲，翻身落馬，城牆上一片歡呼。

孫策命令軍中都說他已經中箭身亡，把消息放出去。並且拔寨要撤軍。

孫策讓軍中舉哀，拔寨要走。消息傳到城裡，薛禮樂
壞了。與大將張英和陳橫連夜殺出城來追擊。誰想到
中了孫策引蛇出洞的計策。

誰想到追出不遠，孫策一馬當先殺了回來。薛禮嚇一
跳，以爲遇到了鬼。

見鬼啦！小霸王詐屍啦！

孫郎在此！爾等受死！

這……明明是射中了啊……

張英趕緊驅馬往回走，結果被一槍刺死。

陳橫也被亂箭射死。

可憐的薛禮摔下馬來，被亂軍給踩死了。

太史慈聽說劉繇和薛禮都叫孫策給打得很慘,帶著兩
千兵馬前來尋仇。太史慈功夫了得,孫策和周瑜在一
起研究怎麼才能活捉太史慈。

太史慈果然中計。在蘆葦叢中,被絆馬索絆倒。

太史慈被押到孫策跟前。太史慈大義凜然，孫策趕緊
過去，親自給太史慈鬆綁。

太史慈見孫策真心真意，就點頭同意加入了組織。英
雄惺惺相惜，自然有說不完的話。

兄弟，上回你要
是把我抓住，是
不是得整死我？

嗯，還真不一定。

孫策聚集了數萬的
軍馬，來到了江東，
安撫百姓，深得民
心。勢力越來越強
大。

孫策在江東打下自己的江山，創下輝煌偉業後，便想起在袁術那抵押的傳國玉璽來，於是派人去找袁術要。袁術不還，還想攻打劉備。

三國時期有哪些著名的帥哥？

　　漢末三國時期，特別注重人物品評，外貌當然也是一個重要標準。在當時，如果一個人擁有出眾的外表，會得到眾人的讚賞，從而獲得一定的社會地位。在此，就給大家點評一下，三國時期的著名帥哥們。大家做好準備，請為他們的顏值喝彩吧。

孫策－陽光型

　　要說江東的頭號帥哥，當推孫策。《三國志》記載：「孫策為人，美姿顏，好笑語。」就是說孫策這個人不但長得漂亮，還性格開朗，言語幽默。孫策既長了一張偶像派演員的臉，還擁有一張脫口秀演員的嘴，這就是孫策的個人魅力。當時的江東父老們，不稱孫策的官位，而直呼他「孫郎」。郎就是年輕帥哥的意思，由此可見大家對這位孫帥哥的喜愛。

> 帥哥來講脫口秀，喜歡聽嗎？

周瑜－文藝型

　　周瑜是孫策的好兄弟，也是一名帥哥。《三國志》記載：「周瑜長壯有姿貌。」就是說周瑜身材高大，相貌帥氣，是典型的高富帥。周瑜不但長得帥，還是個文藝青年，精通音樂。據說周瑜即便是喝醉了酒，只要有人彈琴彈錯音律，他都能及時指正出來，這便是「曲有誤，周郎顧」的典故。孫策是孫郎，周瑜就是周郎。這江東二郎，真是顏值與實力兼具呀。

> 文藝青年最有魅力！

袁紹 — 威嚴型

袁紹是漢末三國時期實力最強的諸侯。他的勢力範圍在黃河以北。他出身於官宦世家,身形偉岸,外貌出眾。《三國志》記載:「袁紹有姿貌威容。」這是指袁紹不但長得帥,長得高,還有一副威嚴的氣度,是名副其實的「高富帥」。難怪當初十七路諸侯討伐董卓的時候,會推選袁紹當盟主。單看他的外表,就是天生的領導呀。

天生大領導。

劉表 — 儒雅型

劉表是漢末三國時期,割據在荊州一帶的諸侯,《三國志》記載:「劉表長八尺餘,姿貌甚偉。」身高是品評外貌的重要元素之一,長八尺餘相當於現在的 185 公分以上,再加上帥氣的容貌,堪稱三國諸侯當中的第一帥哥了。劉表喜歡文學,少有才名,名列「八俊」。他到了荊州之後開辦學校,修復禮樂。由此推測,劉表肯定是一個溫厚儒雅型的帥哥。

我是文化人,你們打打殺殺的,最沒勁了。

霸王

在小說《三國演義》裡，孫策的外號叫作「小霸王」。《三國演義》第十五回回目是：太史慈酣鬥小霸王，孫伯符大戰嚴白虎。「小霸王」是指孫策，其實還有一個「大霸王」，是誰呢？在中國歷史上，「霸王」特指秦漢時期的西楚霸王項羽。

項羽滅秦之後，總攬大權，大封諸侯，自稱「霸王」。項羽天生神勇，是中國戰爭史上勇戰派的代表。與項羽有關的成語也多用於形容勇猛無畏，比如霸王舉鼎、破釜沉舟等。雖然項羽日後在戰場上敗給了劉邦，但誰也無法否定項羽的英雄神勇，後人評價項羽「羽之神勇，千古無二」。

我才是真正的霸王！

知道「霸王」一詞的分量之後，我們就能理解「小霸王」一詞的含義了。從這個綽號也能看出，人們對孫策威猛程度的評價。遺憾的是，孫策「小霸王」這個外號，僅限於小說《三國演義》當中。在正史《三國志》當中，孫策並沒有「小霸王」的稱號。

但在歷史上，孫策的確也和項羽有一定的相似度。曾有當時的揚州都尉許貢就評價過：「孫策驍雄，與項籍相似。」這就是把孫策比喻為霸王項羽。孫策和項羽除了驍勇相似之外，兩人的性格都很剛猛，喜歡逞匹夫之勇，因此也為他們日後的敗亡埋下了伏筆。小朋友們，光有武勇是不夠的，遇事還需冷靜，智勇兼備才是真正的強者。

聽說你是我的小弟？

別看我叫「小霸王」，我可比你厲害。

誰怕你啊！

不服，那就打一架。

江城子・密州出獵

老夫聊發少年狂，左牽黃，右擎蒼，錦帽貂裘，千騎卷平岡。
為報傾城隨太守，親射虎，看孫郎。
酒酣胸膽尚開張，鬢微霜，又何妨！
持節雲中，何日遣馮唐？會挽雕弓如滿月，西北望，射天狼。

　　孫策和孫權兄弟兩人，都是歷史上著名的少年英雄。孫策創業江東時才十九歲。孫策去世後，弟弟孫權繼位時才十八歲。兩位少年英雄聯手打下了江東基業。孫策和孫權也因此成為了中國歷史故事中少年英雄的典範人物。

　　孫權和哥哥孫策一樣，都是血氣方剛的漢子。孫策喜歡輕騎出陣，孫權喜歡隻身打獵。《三國志・孫權傳》記載：「權乘馬射虎於凌亭，『馬為虎傷』。權投以雙戟，虎卻廢。」於是「孫郎射虎」成為千古美談。

　　1075 年，宋神宗熙寧八年，文豪蘇軾擔任密州知州。此時的蘇軾四十歲，充滿殺敵報國的豪情，希望能夠承擔起衛國守邊的重任。這一天蘇軾外出打獵，在獵場上他聯想到射虎的孫權，於是感慨萬千，寫下了這闋《江城子・密州出獵》。

　　在這闋詞中，蘇軾寫到「為報傾城隨太守，親射虎，看孫郎」。這是作者以孫權自喻，表達自己的豪情壯志。整闋詞氣勢雄豪，淋漓酣暢，是宋代豪放派詞風的領軍之作。

射虎啦，哪裡跑。

文人居然也喜歡打老虎？